소년과 링 아저씨

신일본 프로레슬링

TAJIRI

언제나봄

차례

1장	소년과 링 아저씨	05
2장	추남	31
3장	알파걸	68
4장	조금도 만족스럽지 않아요	104
5장	나란 말이다	160
최종장	꿈의 행방	196
	에필로그	252

1장

소년과 링 아저씨

 거인이 어둠 속에서 숨을 고르고 있다. 그리고 소년은 거인을 바라보고 있다.

 거인의 육체는 격투 끝에 뿔뿔이 해체돼 있다. 근육을 구성하는 길쭉한 판자 60장과 뼈가 되는 가는 철골이 16자루. 길이는 3미터로 동일하다. 차곡차곡 쌓여 있다. 충격을 흡수하는 지방이라 할 수 있는 우레탄 매트 16장, 손발이 되는 빨간색과 파란색 철봉 각각 2자루, 신경에 해당하는 와이어가 들어간 고무 로프 3줄, 모두 정돈돼 있다. 마지막으로 거인의 혼이 깃든 피부와 같은 캔버스가 동그랗게 말려 있다.

 조금 전까지 대회장 조명 아래 빛나고 있던 프로레

슬링의 링이 해체돼 체육관 뒤편에 주차된 트럭 컨테이너 안에서 조용히 잠들어 있다. 열린 컨테이너 문 사이, 전등 불빛 아래 비치는 해체된 링을 바라보면서 소년은 거인의 손바닥 위에서 사투를 벌이는 프로레슬러들을 상상하고 있었다.

보폭이 일정하지 않은 발걸음이 다가오고 있다. 소년의 의식이 현실로 돌아온다. 소년은 서둘러 컨테이너에 숨어 들었다. 거인의 품속으로 뛰어드는 무례를 용서받기 위해 마음속으로 십자가를 그었다.

소년은 웅크리고 앉아 두 팔로 무릎을 감쌌다. 중학교 3학년치고는 작은 체구를 동그랗게 말았다. 마침, 비슷한 크기로 말려 있는 캔버스 그늘에 감쪽같이 몸을 숨길 수 있었다. 캔버스에서 프로레슬러들의 피와 땀 냄새가 풍겼다. 컨테이너 바로 바깥에 누군가 있다. 들어와 보는 건 아닐까? 심상 뛰는 소리 때문에 들키는 건 아닐까? 양문형 컨테이너의 입구가 하나씩 순서대로 잠겼다. 들키지 않았다!

문을 잠그는 누군가의 실루엣이 흘끔 보였다. 프로레슬링 마니아인 소년은 그를 금방 알아보았다. 링을 설치, 해체하는 작업을 전담하는 이를 마니아들은 업계 용어로 '링 아저씨'라고 불렀다. 소년은 언제나 대회장에서 쫓겨날 때까지 해체 작업을 지켜봤기 때문에 링 아저씨를 알아볼 수 있었다. 바짝 깎은 머리, 축 처진 눈꺼풀, 핏줄 선 눈 한가운데 위치한 마치 닭과 같이 동그랗고 까만 눈동자, 하늘을 바라보듯 뒤집힌 코. 그리고 두꺼운 입술을 뚫고 나온 두 개의 앞니. 한마디로 눈 뜨고 봐주기 힘든 외모다. 게다가 드럼통 같은 원통형 몸매는 프로레슬러에 비해도 손색없을 정도로 억세 보였지만 어째서인지 항상 한쪽 발을 끌면서 걸었다. 소년은 또한 알고 있었다. 일부 마니아들은 그 링 스태프를 '괴물'이라고 부른다는 사실을. 그러나 대회를 위해 중요한 링을 만들어 주는 이를 '괴물'이라고 부르고 싶지 않은 소년은 멋대로 '옷짱'[01]이라고 이름 붙였다. 옛날 애니메이션 특집 TV 프로그램에서 본 복싱 만화에 등장한, 검은 안대를 끼고 복대를 두른 '옷짱'이란 캐릭터와 외모도 분위기도 비슷했기 때문이다. 옷짱은 언제나 대회장에서 쉰 목소리를 내지르며 해체 작업을 지휘했다.

굳게 잠긴 컨테이너 안은 사방을 구분하기 힘든 암흑이었다. 아무 소리도 들리지 않았다. 소년의 존재마

---

01 아저씨를 친근하게 부르는 일본어 호칭

저 지워질 듯한 불안이 찾아왔지만, 무언가 단단한 것에 머리를 부딪히자 자신을 되찾은 기분이 들어 안도했다. 휴대폰 불빛이 필요한 상황이다. 그러나 '프로레슬링 동영상 보느라 공부를 더 안 할 것'이란 이유로 어머니는 사주지 않았다. 확실히 스마트폰이 생기면 많은 시간을 프로레슬링 감상에 쓸 것 같다. 그러나 지금처럼 비상용으로 필요한 때가 분명히 있다. 언제나 무엇 하나 이해하려 하지는 않고 무조건 아니라고만 한다. 아무것도 모르면서 알려고 하지도 않는 어머니를 원망했다.

컨테이너 밖에서 누군가의 대화가 들렸다. 쉰 목소리와 카랑카랑한 목소리. 소년은 그 둘이 누구인지도 금방 알 수 있었다. 옷짱과, 언제나 매점에서 큰 목소리로 굿즈를 파는 젊은 스태프가 틀림없다. 정답인지 확인할 길은 없지만 프로레슬링 마니아로서 정보 수집·처리 능력에 만족했다.

"중간 어디서 일박 하시나요?"

"아니, 내일 푹 쉬고 싶으니까 달려 보려고."

"**산으로** 가시면 안 돼요."

'**산으로** 가지 말라'는 건 역시 마니아라면 알고 있는 프로레슬링 업계 용어로 '부상 입지 않기를', '불운

한 일이 생기지 않기를'과 같은 의미다. 그러므로 방금은 '사고 나지 않기를 바라요.'와 같은 인사말로 해석하면 된다. 내일 시합은 오사카에서 있다. 여기 하치오지 후지모리 체육관을 출발하면 천천히 달려도 여덟 시간 정도면 도착한다. 몇 년 전 여름, 가족과 차를 타고 간사이 지방으로 여행을 갔을 때 그 정도 걸렸다. 그러고 보니 예전에는 가족끼리 곧잘 놀러 다녔는데, 언제부터 여행은커녕 서먹한 사이가 돼 버린 걸까……? 암흑이 덜컹, 흔들렸다. 옷짱이 운전석에 올라탄 것이다. 차 문을 부수듯이 닫는 소리가 들렸다. 시동이 걸린다. 트럭이 달리기 시작했다.

흥분이 가라앉자 소년은 배가 고파졌다. 그러나 여덟 시간이나 참아야 한다. 산처럼 쌓여 있는 짐이 무너지지 않을지 걱정됐지만 보이지 않는 캔버스의 거슬거슬한 감촉에 몸을 기대 사랑하는 프로레슬링의 냄새에 안기니 배고픔도 잊고 졸음이 몰려왔다. 이렇게 프로레슬링에 몸을 맡기고 살아가고 싶다. 쭉 **이쪽**에 남고 싶다. 가족도 학교도 **저쪽**에는 내 편이 없다. 이 시간이 영원하기를……모르는 새 잠들어 버렸다.

암흑 속에서 화장실을 찾는 꿈을 꿨다. 눈을 뜬다.

꿈속 같은 암흑. 그러나 격렬한 요의 때문에 현실임을 깨닫는다. 아랫배가 찢어질 듯 아프다. 그러나 신성한 링이 쌓여 있는 공간에서 소변 따위 볼 수 없다. 밖으로 나가야 한다.

컨테이너의 벽을 두들겨서 사람이 있다고 알리자. 아랫배를 자극하지 않도록 천천히 일어나려 했지만, 사방을 분간할 수 없는 암흑 속에서는 균형을 잡기가 어렵다는 사실을 깨닫는다. 일어서기도 어렵다. 무턱대고 손을 뻗어 보니 가까스로 벽을 더듬을 수 있었다. 벽을 짚어 가며 앉은 채로 전진하면서 힘껏 벽을 두들겼다. 그러나 반응이 없다. 포기하지 않고 계속 두들기니 트럭이 갑자기 속도를 줄였다. 소년의 몸이 모로 크게 기울었다. 갓길로 빠지는 것 같다.

엔진의 진동만 남았다. 암흑이 절반씩 열리고 바깥 공기가 밀려 들어온다. 가로등 불빛에 비쳐 옷짱의 사각형 실루엣이 보인다. 혼날 각오는 되어 있다.

"죄송합니다! 화장실, 화장실 좀 보내 주세요!"
"누구냐 네놈은!?"

깊은 밤에도 형형히 빛을 발하고 있는 가로등, 대낮과 다름없이 활동하는 사람들, 무엇보다도 이 시간에 눈앞에 놓여 있는 카츠카레. 모든 것이 소년의 일상에서는 보기 힘든 이채로운 광경이었다. 휴게소 시계는 오전 3시 반을 가리키고 있다. 소년의 정면에 앉은 옷짱과 마주친 몇몇 사람이 놀라움을 감추지 못하는 것은 괴물이라고 불릴 정도로 험상궂은 얼굴 때문일까? 혹은 티셔츠에서 뻗어 나온 소화기처럼 굵은 팔뚝 때문일까? 어느 쪽이든 지나쳐 돌아봤을 때 거북이 등딱지처럼 두터운 등판의 **신일본 프로레슬링**이란 글씨를 발견하고는 납득한 표정을 짓는다. 그런 옷짱과 단둘이 앉아 있다는 사실에 일상적이지 않은 **이쪽**에 있는 기분이 들어 소년은 자랑스러웠다.

카츠카레를 먹어 치운 소년이 물잔을 비우고 트림을 하자 옷짱이 천천히 입을 열었다.

"만족했냐?"

"잘 먹었습니다!"

"그래서, 왜 이런 엉뚱한 짓을 한 거냐?"

심문하는 형사 같은 말투다. 눈앞까지 바짝 들이댄 옷짱의 얼굴에 소년은 주춤했다. 옷짱에게 어제저녁 일을 털어놓았다.

어제저녁 소년이 어머니 몰래 프로레슬링을 보러

가기 위해 집을 나설 때였다.

"쇼고 어디 가니? 내일부터 시험이라며."

조용히 빠져나가려 했지만, 현관에서 들키고 말았다. 쇼고가 사는 하치오지에 프로레슬링 무대가 서는 것은 수년에 한 번 있는 이벤트였다. 손에는 근처 스포츠용품점에서 구입한 티켓이 들려 있었다. 이번에도 같은 프로레슬링 팬인 점장과 머리를 맞대고 좌석표를 보면서 어느 자리가 좋을지 궁리했다. 점장과의 대화는 초등학교 때부터 프로레슬링 팬이었던 쇼고에게 하치오지 대회만이 주는 즐거움이기도 했다.

"좀처럼 없는 기회라니, 시도 때도 없이 도쿄까지 보러 다니면서!"

용돈을 긁어모아 두 달에 한 번은 전철을 타고 스이도바시역 고라쿠엔 홀로 향했다. 그때는 현장에서 티켓을 사거나, 편의점에서 예매했다. 좀 싱거운 기분도 들었지만, 어느 대회장에서든 프로레슬링을 볼 수 있는 것은 최고의 기쁨이었다.

"성적이 바닥이잖아. 나중에 뭐가 되려고 그래!"

공부도 운동도 평균 이하, 학교에서 아무런 주목도 받지 못하는 쇼고 인생의 유일한 안식처가 프로레슬링이었다. 쇼고는 프로레슬링 없이 살 수 없고, 프로레슬링 없이는 죽음뿐이라고 진심으로 믿었다. 프로레슬링이야말로 쇼고 인생의 모든 것이었다.

"왜 변변한 친구도 하나 없이 그런 잡기에 빠진 거야!"

프로레슬링에 흥미가 없는 이들과 친구 따위 될 리가 없다. 그리고 같은 반 아이들이, **아무도 관심 없는** 프로레슬링에 열광하는 쇼고를 이상한 놈으로 취급한다는 사실도 알고 있다. 그러나 쇼고 입장에서는 그렇게 열광하는 대상 하나 없이 매일 아무렇지 않게 살아가는 녀석들이 더 이상했다.

"시끄러. 공부는 돌아와서 하면 되잖아!"

"맨날 나중에! 나중에!"

"이거 놔!"

놓지 않는 어머니의 손을 뿌리치려던 쇼고의 팔이 스테인드글라스 장식품에 부딪혔다. 어머니가 통신 강좌의 습작으로 제출한 과제 중 가장 높은 평가를 받았다고 자랑하던 장식품이 떨어져 산산조각이 난다. 어머니의 이성도 같이 부서졌다.

"뭐 하는 짓이야!"

손바닥이 뺨으로 날아들었다. 그다지 아프진 않았지만, 중학교 3학년이나 돼서 뺨을 맞다니 얼굴이 순식간에 붉어졌다. 발치에는 조각난 스테인드글라스. 무너지듯 울부짖는 어머니도, 무너뜨린 자신도 한심했다.

"어딜 가니! 가지 마! 정말로 고등학교도 못 가면 어쩌려고!"

이 비참한 순간으로부터 그저 탈출하고 싶었다. 등 뒤를 쫓는 어머니의 목소리가 순식간에 멀어졌다.

쇼고의 이야기를 묵묵히 듣고 있던 옷짱은 "……그래서 꼬맹이 주제에 현실로부터 도망친 거냐."고 조용히 혼잣말하고 주머니를 뒤적이더니 동전 몇 닢을 꺼내 들었다.

"어쨌든 전화하러 가자."

"어디에요?"

"너희 어머님께지."

그건 물론 알고 있다.

"공중전화로 거는 거에요?"

"그렇지."

"옷짱……휴대폰 없어요?"

"어어, 없어도 불편하지 않고 있으면 오히려 불편하니까, 그런 거."

없는 이유가 무엇이든 간에 남들 다 갖고 있는 물건을 갖고 있지 않다는 공통점에서 동질감을 느꼈다. 그러고 보니 아직 옷짱의 이름도 모른다.

"그리고 옷짱이라고 부르지 마라. 곤다다. 곤다 다이사쿠!"

외모와 너무나 어울리는 이름에 '그거, 링 네임은 아니죠?'라고 물을 뻔했다. 나아가 링 아저씨의 이름을 알았단 사실에 프로레슬링 마니아로서 우월감이 솟아올랐다. 그러나 이제 와 한밤중에 전화하면 어머니가 얼마나 화를 낼지 상상하니 마음이 금세 무거워졌다.

"얼마나 있냐?"

"네?"

곤다가 답답한 듯 얼굴을 찡그렸다.

"지갑에 얼마 들었냐고."

"천이백 엔 정도요."

돌려보내려는 걸까?

"내일 중요한 시험이 있다며? 보러 가야 할 거 아냐!"

"네? 그런가요?"

"뭐라고?!"

쇼고에게 방금 곤다의 말은 **저쪽** 세계의 언어였다.

"조금만 더 가면 나고야니까 역에서 내려. 신칸센 첫차로 돌아가. 표는 사줄게. 어떻게든 시험 시간에는 늦지 마라."

곤다의 속사포 같은 **저쪽** 세계의 말에 쇼고의 **이쪽**은 붕괴 직전이었다.

"아저씨, 그건 안돼요!"

"헛소리하지 말고, 자 출발하자!"

조바심을 내보이면서 곤다가 일어선 순간, 쇼고는 믿기 힘든 광경을 보았다. 온몸의 피가 발끝으로 빠져나가는 느낌이었다. 짧은 금발, 대머리에 선글라스, 목 언저리에서 얼굴까지 문신이 있는 자가……다섯 명 있다. 그런 패거리가 옅은 웃음을 만면에 띄고 불과 몇 걸음 떨어진 테이블에서 두 사람을 지켜보고 있다. 그리고 패거리 중 하나가 여러모로 그것만은 절대 입 밖으로 내지 않기를 바라는 말을 내뱉었다.

"프로레슬링? 쇼하고 있네."

쇼고는 온몸에 소름이 돋는다는 진부한 표현을 태어나 처음으로 실감했다. 가능하면 인생에서 마주치고 싶지 않은 얼굴 다섯이 못이라도 박듯 '그건 그렇고 얼굴 한번 살벌하네!'라며 곤다를 조롱하는가 하면, 꺅꺅 경박한 소리를 내며 비웃기까지 했다. 평범하지 않은, 아니 상식적이지 않은, 아니 극악무도하다는 표현이 맞는 상황이었다. 쇼고의 몸이 덜덜 떨리기 시작했다.

"……뭐냐, 네놈들은?"

반면 곤다는 조금의 주저함도 없이 한쪽 발을 끌면서 패거리에게 다가섰다.

프로레슬링은 쇼잖아.

그 말은 프로레슬링을 사랑하는 쇼고에게 영원히 도망칠 수 없는 저주와 같았다.

어느 날 점심시간 학교 교실에서 쇼고는 혼자 프로레슬링 잡지를 읽고 있었다.

"프로레슬링? 짜고 치는 쇼잖아?"

돌아보니 평소 별로 엮이고 싶지 않은 무리가 일부러 웃음을 참으면서 쇼고의 반응을 떠보고 있었다. 누가 던진 말인지 알 수 없었지만, 어차피 한패였다. 쇼고는 반박하는 대신 침묵을 지켰다. 실은 무서웠다. 맞섰다가 싸움이 나서 얻어맞기라도 하면, 그리고 그런 한심한 꼴을 같은 반 모두에게 보이기라고 하면……그들은 쇼고가 대들지 못한다는 사실을 알고 있었다. 학기 초라 좋아하는 것, 장래 희망 등을 쓴 자기소개가 아직 교실 뒤편에 붙어 있었다.

[이름: 나카가와 쇼고. 좋아하는 것: 프로레슬링]

"쪼끄만 주제에 프로레슬링이래!" 킥킥 거슬리는 야유를 쇼고는 애써 무시했다. 그러면 "뭐야, 재미없어."라며 그들이 어딘가로 꺼질지도 모른다고, 악몽 같은 상황에서 탈출할 수 있을지도 모른다고 생각했다. 말없이 잡지로 눈을 되돌리자 좀 전보다 큰 목소리가 들렸다.

"쇼보다는 사기에 가깝지, 프로레슬링은!"

이번에는 뒤돌아보지 않았다. 쇼고를 모멸하고 조롱하는 공기가 마치 드라이아이스와 같이 등 뒤에서부터 흘러 들어와 온몸을 감쌌다. 그 공기는 떠들고 있는 무리뿐만 아니라 호기심 어린 눈으로 상황을 지켜보고 있던 같은 교실에 있는 전원으로부터 뿜어져

나오고 있었는지도 모른다. 쇼고는 그 불온한 공기가 더 이상 퍼지지 않기를 바라며, 누구에게도 들리지 않는 마음속 목소리로 대꾸했다.

'그러는 너희들은 진짜라는 거냐? 아무것도 아닌 주제에 자신이 뭐라도 되는 듯 착각하고 있으면서! 그거야말로 가짜잖아! 제발 나를 내버려둬. 너희처럼 시시한 놈들과 어울리고 싶지 않으니까. 부탁이니까 가까이 오지 마. 저쪽으로 가라고! 부탁이야! 부탁이야! 부탁······.'

"네놈들 나 들으라고 한 말이냐?"

정신 차리고 보니 곤다가 패거리 앞에 서 있었다. 패거리의 얼굴에서 웃음기가 사라졌다. 그 주변만 공기가 멈춘 것 같다. 휴게소 안에 있던 모두가 소동에 휘말리지 않을 정도 거리를 유지하면서 곤다와 패거리를 지켜보고 있는 상황은 쇼고의 눈에 그때의 교실과 똑같아 보였다.

"양아치들 주제에 내가 겁이라도 먹을 줄 알았냐!"

쇼고는 곤다가 싸움에 일가견이 있다기보다 머리가 좀 이상한 것 아닌지 의심했다. 아무리 강하다고 한들 건드려서 좋을 것 없는 패거리를 상대로 저렇게 말하고 싶은 대로 말하고, 아무렇지 않은 듯 맞서도 되는 걸까? 돌이켜 보면 그때 교실에서 자신은 싸움보다도 그 이후 상황에 대해 더 겁을 냈던 것 같다. 사람들의 시선을 의식했는지 패거리 중 한 명이 테이블을 주먹으로 내리치며 자리를 박차고 일어났다.

"죽고 싶냐! 딴따라 새끼가!"

그러나 곤다는 흔들림 없이, 파충류가 곤충을 포획하는 듯 빠르고 정확하게 남자의 멱살을 오른손으로 잡고 가볍게 머리 위로 들어 올렸다.

"딴따라가 이런 게 가능할 것 같나? 응?"

"억……큭…….."

얼굴이 터질 듯이 시퍼레진 남자의 발이 허공을 휘젓는다. 패거리 모두 바보처럼 입을 헤 벌리고 지켜볼 뿐이었다. 어디선가 여성의 비명이 들렸다. 곤다가 멱살을 놓자 남자는 테이블 한가운데로 꼴사납게 곤두박질쳤고, 놓여 있던 캔 커피가 튕겨 나갔다.

"프로레슬링 깔보지 마라!"

결정타를 날리듯 곤다가 테이블을 걷어 찼다.

"난 이미 한 번 죽은 사람이란 말이다!"

패거리 모두를 덮칠 듯한 기세다. 튕겨 나간 캔과 같은 숫자의 남자들이 일제히 도망쳤다.

이미 한 번 죽은 목숨이다!

 무슨 뜻일까? 과거에 무슨 일이 있었던 걸까? 쇼고가 그 말의 의미를 생각할 겨를도 없이, 이번에는 곤다가 뜻밖의 소리를 입 밖에 냈다.
 "아차……또 저질러 버렸네. 일어나! 가자!"
 괴력의 소유자가 무엇으로부터 도망치려는 건지? 쇼고로서는 이해할 수 없었다. 문득 돌아보니 다리가 풀렸는지 테이블에 기대 엉덩이는 하늘로 뻗친 할머니가 전화에 대고 외치고 있다.
 "지, 지금 바로 와 주세요! 사……사람이 죽었어요! 꺄아악!"
 할머니는 곤다와 눈이 마주치고 비명을 지르더니 이번에는 요란하게 방귀를 뀌었다. 뿍!
 "경찰이랑 엮이면 회사 입장이 곤란해! 어서 트럭으로 돌아가!"
 한쪽 발을 끌면서도 곤다의 달리기는 빨랐다. 결국 쇼고는 어머니와의 통화를 모면했다.

 나고야역 앞. 까마귀 울음소리가 난반사하는 빌딩

군 뒤로 밤하늘을 열어젖히는 아침 햇살이 별을 빨아들이고 있었다. 곤다는 트럭을 멈추고 "자, 가자"며 쇼고의 등에 두툼한 손을 얹었다.

"싫어요, 돌아가고 싶지 않아요."

돌아가고 싶지 않았다, 저쪽으로는. 이대로 쭉 있고 싶었다, 이쪽에.

"안돼. 돌아가. 고등학교도 못 가면 어쩌려고."

"……."

그 순간 쇼고는 지금이야말로 비장의 카드를 꺼내 들어야 할 때라는 생각이 들었다. 어느 비장의 카드를.

곤다가 역무원을 붙잡고 신칸센 시간을 물었으나 첫차를 타도 신요코하마 역에 도착하는 것은 8시쯤. 그리고 신요코하마 역에서 쇼고가 사는 하치오지까지가 약 1시간, 게다가 집에 돌이기 교복으로 갈아입는 데 걸리는 시간까지 감안하면 9시 시험 시작 전에 학교에 도착하기는 무리였다.

"돌아가지 않아도 돼요, 저도 오사카로 데려가 주세요!"

"말도 안 되는 소리! 그다음은 어떻게 할 건데?"

"곤다 아저씨."

"응?"

쇼고는 각오를 다졌다. 지금이야말로 비장의 카드를 꺼내 들 때다. 열다섯 살 쇼고의 비장의 카드, 열다섯 살임에도 그 카드를 쥐고 있는 자신은 특별하다. 카드가 없는 녀석들 따위 시시하다. 친구가 될 수 있을 리 없다. 하지만 쇼고가 비장의 카드를 쥐고 있다는 사실을 아무도 모른다. 가족조차도. 더욱이 세상 사람들은 항상 말한다. 그 비장의 카드를 가졌는지 여부가 살아가는 데 가장 중요하다고. 그래서 쇼고는 반드시 곤다가 들어줄 것이라고 믿었다. 적어도 그런 비장의 카드를 쥐고 있는 열다섯 살 자신을 무시하지는 못할 것이라고 믿었다. 쇼고는 마침내 비장의 카드를 꺼내 들었다.

"곤다 아저씨, 제 얘기 좀 들어 보세요! 저, 고등학교에 가는 대신 프로레슬링 선수가 되고 싶어요!"

쇼고 주변의 세계가 일순간 멈췄다. 그리고 이제까지는 다른 이야기가 시작될 것이다. 쇼고 자신이 주인공인 이야기가. 그런데…….

"애송이 주제에 건방진 소리."

정지한 세계 위로 흰 모래가 부슬부슬 쏟아져 내려

온다.

"네 몸을 봐라. 앙상해서는."

흰 모래는 산을 이뤄, 쇼고 주변을 순식간에 에워쌌다.

"넌 그걸 꿈이라고 착각하나 본데, 아니야. 환상에 불과해."

산사태와 같이 쏟아져 내리는 흰 모래에 쇼고의 세계는 새하얗게 표백돼 아무것도 존재하지 않게 되었다. 쇼고는 공백 속에서 자기 자신조차 사라지는 기분이었다.

곤다의 얼굴이 공백을 뚫고 들어온다.

"아, 아니……만약 고등학교 가서 키가 클지도 모르지. 그리고 열심히 단련하면 돼! 그러니까 고등학교 가라, 응!"

"……갈 성적이 안돼요."

무의식적으로 대답했다.

"포기하지 말고!"

"무리예요, 저는……."

간신히 정신 차리고 대답했다. 이제 나에게는 아무것도 남지 않았다. 모든 것을 포기할 수밖에 없다. 그러자 곤다가 오른손을 들면서 상반신을 천천히 비틀기 시작했다. 뭘 하려는 거지? 잠자코 있자 곤다의 호랑이 앞발 같은 손이 힘찬 포물선을 그리며 회전했고, 쇼고가 정신을 차렸을 때는 바닥에 널브러져 있었다.

"멍청한 놈!"

역 천장이 보인다. 마른 잔가지로 두드리는 듯했던 어머니의 따귀에 비하면 통나무로 후려치는 듯한 충격이었다. 발걸음을 멈춘 행인들의 시선은 굳이 고개를 돌리지 않아도 알 수 있다. 어머니에게 뺨을 맞았을 때와는 비교할 수도 없는 수치심이 들었다. 뺨을 눌렀다. 전기난로처럼 뜨겁다. 곤다는 쇼고를 내려다보며 연거푸 무슨 말을 한다.

"어이!"

숨을 크게 들이마시고 단숨에 내뱉는다.

"붙어보지도 않고 질 생각부터 하는 바보가 어딨냐!"

신일본 프로레슬링의 주역이었던, 은퇴 후에도 여전히 간판으로 군림하는 안토니오 이노키[02]의 명언이다. 텔레비전 프로그램에서 탤런트가 성대모사를 할 정도로 유명한 명언. 어디서인가 "이노키!"를 외치는

---

02 1943~2022. 일본의 전설적인 프로레슬러. 이노키즘으로 불리는 실전을 표방하는 프로레슬링을 주창했고, 초창기 종합격투기에도 관여했다. "다아-!"라고 외치며 하늘로 주먹을 내지르는 제스처가 그의 트레이드 마크였다.

익살스러운 목소리가 들렸지만 두 사람은 무시했다. 곤다는 멋쩍은 듯이 "아⋯⋯내 주제에 할 말은 아닌가, 미안 미안." 머리를 후려쳤던 솥뚜껑 같은 손으로 쇼고의 가슴팍을 붙잡아 마치 공기 인형처럼 가볍게 일으켜 세웠다.

"가자."

"어디를요?"

"차로 학교까지 간다."

"네? 오사카는 어쩌고요?"

곤다가 계산하기에 맹렬히 달린다면 나고야에서 하치오지까지 4시간이면 닿고, 9시에 시작하는 시험에 늦지 않을 가능성이 아직 있다. 그리고 또다시 맹렬히 달리면 6시간이면 오사카에 도착할지도 모르고, 오후 6시 반에 시작하는 시합 전에 어떻게든 링을 완성할 수 있다는 얘기였다.

"늦으면 어쩌시려고요?"

"도전해 보지도 않고 포기하는 바보가 어딨냐! 빨리 타기나 해. 가자!"

곤다가 액셀을 힘껏 밟았다.

지금까지 달려온 방향을 거슬러 고속도로를 달린다. 아직 완전히 밝지 않은 하늘을 향해 탄환처럼 돌진한다. 경찰에 붙잡히면 끝장이다. 아저씨는 왜 나를 위해 이렇게까지 무리하는 걸까? 민폐에 화가 났으면서 애써 숨기고 있는 건 아닐까?

"곤다 아저씨……."

핸들을 움켜쥔 곤다의 옆얼굴. 정면에서 눈을 떼지 않는다.

"말 시키면 위험하니까 넌 잠자코 눈이나 붙여!"

화가 난 것은 아니었다. 까무룩 잠이 들 뻔했지만, 그때마다 미세한 회전에도 몸이 붕 뜨는 듯한 감각에 헉 소리를 내며 눈을 떴다.

"잠이 오지 않으면 한 귀로 듣고 한 귀로 흘려들어도 좋으니 내 얘기를 들어 봐."

쇼고가 다시 한번 곤다의 옆얼굴을 봤다. 매서운 표정은 아니었다.

"나도 프로레슬러가 되고 싶었다. 링 만드는 사람이 아닌, 그 위에서 싸우는 프로레슬러가."

어느새 하늘에서 짙푸른 어둠이 걷히고 있었다.

"하지만 이런저런 일이 있어서……하고 싶어도 하지 못하는 사람도 세상에는 있단 말이다."

죽은 목숨이다! 란 외침이 쇼고의 뇌리를 스쳤다.

"너는 아직 몇 번이든 꿈을 가져도 좋은 나이니

까……포기하지 마!"

 날이 완전히 밝았다. 오늘이라는 하루의 새로운 창공이 펼쳐져 있다. 어느새 쇼고는 잠이 들었다.

 격렬한 요동에 눈을 뜨니 익숙한 거리의 풍경이 뿌옇게 보였다.
 "일어나! 여기서부터는 가는 길을 안내해!"
 곤다의 얼굴이 눈앞에 있다. 하치오지에 돌아왔구나. 지난 밤에 있었던 모든 사건이 주마등처럼 스쳐 지나갔다.
 "아, 네, 저기, 우리 집은 이대로 직진해서……."
 "집이 아냐, 학교다! 아홉 시까지 오 분밖에 남지 않았단 말이다!"
 "네? 하지만 교복으로 갈아입지 않으면."
 "쓸데없는 소리하지 말고! 학교는 어느 쪽이냐고!?"
 급가속과 급정지를 거듭하면서 트럭이 중학교 정문에 도달했을 때는 9시 2분 전이었다. 교사 창문 밖으로 학생들이 얼굴을 내밀었다. 개중에는 엮이고 싶지 않은 무리의 얼굴도 있다. '신일본 프로레슬링'이라는 문구 아래 안토니오 이노키의 커다란 일러스트가 그려진 컨테이너를 실은 트럭을 발견한 학생들이 웅성거리기 시작한다. 쇼고가 트럭에서 뛰어내리자 "오오-!"하는 경탄마저 일어났다. 쇼고의 귀에 그 소리는 프로레슬링 대회장에서 자주 듣는, 흥분한 관객의 탄성과 같이 들렸다. 쇼고에게는 생소한 체험이었다. 생애 처음으로 지금, 타인으로부터 모멸도 조롱도 아닌 시선으로 주목받고 있다. 그로 인해 자신이 **무언가**가 된 듯한 감각이다. 어쩌면 프로레슬러는 이 감각을 채우기 위해 링 위에 오르는 것 아닐까?

"빨리! 서둘러!"

돌아보니 곤다가 운전석에서 고함을 지르고 있다.

"감사합니다! 곤다 아저씨도 어서 오사카로!"

"오오! 아……잠깐만!"

곤다는 운전석 도어 포켓에서 빨간 뭉치를 꺼내 트럭 앞을 돌아 쇼고에게 왔다. 구깃구깃한 빨간 뭉치를 양손으로 쫙 펼친다. 수건이었다. '투혼'이라는 흰 글자가 큼지막하게 새겨져 있다.

"이노키 회장 수건이다, 너 줄게! 목에 감고 힘내라고!"

수건을 받아 든 쇼고는 바로 목에 감아 양손으로 그 끝을 잡고 "붙어 보기도 전에 포기하는 바보가 어딨냐!" 턱을 내밀며 이노키 흉내를 냈다.

"좋은 기백이다, 다녀와!"

"다녀올게요! 곤다 아저씨 고마워요!"

의지가 있으면 시험조차도 신나는 도전이 될 수 있다는 사실을 쇼고는 생전 처음 깨닫는다. 주먹을 하늘로 내지르며 "다아-!"라고 외친다. 곤다도 트럭에 올라타 주먹을 들어 올리며 "다아-!"하고 외친 후, 있는 힘껏 액셀을 밟았다.

그때 시험 시작을 알리는 종이 울렸다. 쇼고가 학교 건물에 다다르기 전이었다.

2장

추남

　1964년 올림픽을 2년 앞두고 도쿄의 인구는 1천만 명을 돌파했다. 시골 마을 고등학생 곤다 가즈오에게 도쿄는 동경의 대상이었다. 그의 살갗은 희고 몸은 가늘었다. 취미는 독서와 영화 감상. 특히 달필에 이지적인 풍모는 소설 '인간 실격'의 주인공 요조를 연상시키는 매혹적인 위태로움마저 풍겼다. 남녀 불문 누구에게나 인기 있는 특별한 존재였다. 졸업 후 염원하던 도쿄에서의 취업이 정해져 있었기 때문에, 졸업식 날에는 다수의 여학생으로부터 눈물 어린 고백을 받았다. 가즈오는 전도양양한 소년이었다.

졸업식이 끝나자마자 야간열차를 타고 서둘러 고향을 나섰다. 초조함을 억누를 길이 없었다. 그리고 다음 날 아침, 낯선 도쿄역에 내려 새로운 일터인 간다의 출판사로 직행하는 대신 버스를 타고 동경의 상징과 같았던 도쿄 타워를 보러 갔다. 아사쿠사에서 유행하는 스타일로 머리를 자르고, 오코노미야키를 배불리 먹는 등 도회지에서 첫날을 만끽한 후에야 만족한 듯 간다로 향했다. 청년 가즈오에게는 그런 모험심과 장난기가 있었다.

가즈오의 업무는 광고 영업이었다. 성실함으로 직장 상사와 거래처의 신뢰를 얻었다. 도쿄에서도 변함없이 이성의 인기를 끌었고, 남들처럼 연애도 했다. 월급을 받아 부모님께 송금하고 남는 돈으로는 책을 사고 영화를 봤다. 꿈만 같은 도쿄 생활이있다. 그러나 가즈오는 불과 2년 만에 출판사를 그만두었다. 그 후 고향에 돌아오기까지 3년간 도쿄에서 무엇을 했는지에 관해서는 평생 말을 아꼈다.

5년 후. 갑자기 고향으로 돌아갔다. 스물두 살 때 일이었다. 가즈오가 귀향한 이유에 대해 마을 사람들 사이에 한동안 소문이 무성했지만, 채 한 달도 되지 않아 모두의 관심은 사그라들고 잊힌 존재가 되었다.

가즈오가 인생의 재출발점으로 삼은 곳은 그가 없는 사이 마을에 지어진 자동차 부품 공장이었다. 그곳에서 컨베이어 벨트 공정에 투입되었다. 작은 마을에 변변한 일자리는 없었고, 동창생 다수가 그 공장에서 일하고 있었다. 5년 만에 재회한 그들을 포함해 공장에서 일하는 모두가 같은 일상을 그저 묵묵히 반복하고 있었다.

'인생의 컨베이어 벨트.'

누구를 향한 것인지 모를 말이 머릿속에 맴돌았다. 새로운 일에 익숙해진 어느 날 가즈오는 직장 동료이자 동창생으로부터 "완전히 평범해졌구나."란 소리를 들었다. "밑천이 드러난 거지, 도쿄에서." 쓴웃음을 지으며 대답했다. 모두의 눈에 가즈오는 꿈을 이루지 못하고 고향에 돌아온 패배자였다. 그들과 같이 가즈오는 시골 마을에서 인생의 컨베이어 벨트 위에 놓인 나날을 보냈다.

그러나 어느 날, 가즈오는 회식 자리에서 고주망태가 돼 모두의 앞에서 이런 말을 내뱉었다.

"언제까지 이런 시골에 묻혀 있겠냐……반드시 다시 한번 도쿄에 갈 거다……도쿄에……."

그대로 쓰러져 도쿄 타워의 꿈을 꾸었다. 얼마나 잠들었을까? 눈을 뜨니 낯선 장소였다.

전구가 천장을 주황색으로 물들이고 있었다. 으스스 춥다. 이부자리 위에 누워 있지만 이불이 덮여 있진 않았고, 몸을 더듬어 보니 전라였다. 어디선가 남녀가 관계 맺는 소리가 들렸다. 코앞에 보이는 벽 너머로부터였다. 그리고 바로 등 뒤에서 체온이 느껴졌다. 누군가 있다! 조심조심, 천천히 고개를 돌렸다.

엷은 주황색 불빛에 물든 거대한 나신의 등, 검은 단발머리. 가즈오는 "악!" 외마디 비명을 외치고 말았다. 그에 반응하듯 우람한 등이 움찔! 움직였다.

"우……웅."

검은 단발머리가 흔들리고, 우람한 등이 천천히 돌아눕는다. 하체를 가린 이불이 사각사각 소리를 낸다. 가즈오는 누구인지 알 것 같았지만 믿고 싶지 않았다.

거대한 등이 완전히 돌아누웠다.

석상 같은 얼굴. 처진 눈꺼풀 아래 전구 빛에 물든 흰자위가 보이고, 그 한가운데는 마치 통통한 닭과 같은 눈동자가 가즈오를 똑바로 바라보고 있다. 되는대로 썬 두툼한 살코기 같은 입술 사이로 보이는 석류 같은 잇몸, 불규칙적으로 튀어나온 앞니. 나란히 뚫린 터널 같은 두 콧구멍에서 뿜어져 나오는 술냄새가 가즈오의 얼굴에 닿았다.

"가즈오 씨……술 깼어?"

"우욱!"

동창생이자 동료인 야에코였다. 술자리 말석에 앉아 있었던 것은 기억하지만, 한 마디도 주고받지 않았다. 야에코는 졸업식 날 가즈오에게 고백한 여학생 중 한 명이었고, 그 장면을 누구에게 보이는 것조차 창피한 존재였다. 야에코는 이불을 걷어차더니 전라로 가즈오를 끌어안고, 강제로 입술을 덮쳤다.

"우읍……!"

살아 있는 두터운 고깃덩어리가 입안에서 꿈틀거리는 느낌이었다. 도망치려고 발버둥쳤지만 야에코의 커다란 몸은 꿈쩍도 하지 않았다. 영혼까지 빨려 나간

듯 가즈오의 온몸에서 힘이 빠졌다. 가냘픈 나무에 매달린 매미가 수액을 한 방울도 남기지 않고 빨아들이는 듯한 상태가 한동안 계속됐다.

빨판을 무리하게 떼어내는 듯한 소리가 나고, 야에코의 커다란 몸이 가즈오의 옆으로 굴러떨어진 후에야 사태는 진정됐다.

"야에코 씨……저기……저기……."

지금까지 가즈오 인생 어디를 살펴도 이 상황에서 꺼낼 말을 찾을 수 없다. 상체를 벌떡 일으킨 야에코는 닭 같은 눈동자로 가즈오를 물끄러미 내려다보았다. 가즈오는 무언가를 송두리째 빼앗길 듯한 예감이 들었다. 야에코의 석류 같은 잇몸이 움직였다.

"내가 반드시 증명할 거니까."

"무……무엇을?"

야에코는 이불을 박차고 일어났다. "목말라." 방 한구석에 놓인 작은 삼각형 싱크대로 향했다.

"참는 자에게는……."

수도꼭지에 입을 대고 벌컥벌컥 물을 마신다.

"복이 있다는 사실을."

"저기……."

"우리 힘을 합쳐서 도쿄로 가자!"

도쿄에 가기는커녕, 가즈오 인생의 모든 진로를 봉쇄하는 절망적인 한 마디였다. 주황색 전등 빛에 물든 하얀 이불 한가운데, 검은 얼룩이 커다랗게 번져 있었다. 백열전구 밑이었다면 틀림없이 빨간 얼룩이었을 것이다.

가즈오에게 그 얼룩은 저승으로 가는 출입구와 같았다. 눈앞에 모래 폭풍이 휘몰아친다. 온몸이 떨리고, 이빨이 딱딱 부딪혔다. 오한이 엄습한다. 이 악몽은 저 문을 통해 지옥으로부터 온 것이 분명하다. 도와줘! 누구든 좋으니 도와줘! 누구든……!

그로부터 정확히 9개월 후, 가즈오와 야에코 사이에 체중 4,352그램의 남자아이가 태어났다. 다이사쿠라고 이름 붙였다.

신칸센 히카리 호가 시나가와역을 지날 때 다이사쿠는 푸마의 운동 가방을 선반에서 내려 객차 승강구 앞에 홀로 섰다. 도쿄역이 종점이기에 지나칠 리 없건만, 도쿄가 처음인 다이사쿠는 모든 것이 불안했다. 교복에 흰 운동화, 걸쳐 멘 운동 가방 안에는 운동복과 자취를 위한 생필품이 가득했다.

도쿄역이 가까워지자 승강구 앞에 사람들이 모이기 시작했다. 등 뒤에서 나는 기척에 다이사쿠가 돌아보자 바로 뒤에 서 있던 젊은 여성과 눈이 마주쳤다.

"꺅!"

여성은 다이사쿠의 얼굴을 보고 뒷걸음질치더니 어디론가 재빨리 사라졌다.

"아, 죄송합니다……."

이미 이 자리에 없는 여성에게 사과하는 다이사쿠. 자신이 사과할 이유 따위 없었다. 그러나 언제부턴가 이런 일이 생길 때마다 사과부터 하고 보는 버릇이 있었다. 그때마다 어머니를 원망했다. 나는 왜 어머니를 빼닮은 걸까? 아버지를 닮았다면……이 험상궂은 얼굴 때문에 모두가 나를 외면한다. 치창 너머로 보이는 도쿄의 풍경 역시 어렴풋이 비치는 다이사쿠의 험악한 얼굴을 빠르게 스쳐 지나가고 있었다.

어릴 적부터 험상궂은 얼굴에 대한 열등감을 안고 있던 다이사쿠는 중학교 입학 후 유도에 열중했다. 지방의 무명 학교라고는 해도 중고등학교 시절 줄곧 유도부 안에 적수가 없었다. 그러나 외부 대회에는 단 한 번도 출전하지 않았다. 세상에서 유일하게 자신이 인정받을 수 있는 무대에 나가 보고 싶은 마음은 굴뚝같았다. 단 한 번이라도, 못 본 척 피하는 대신 누군가가 자신을 똑바로 바라봐 주기를 바랐다. 그러나 사람들 앞에 추한 얼굴을 내보이려니 겁부터 났고, 어머니가 응원하러 온다고 상상하면 창피함이 앞섰다. 그래도 자신이 착실히 강해지고 있음을 느낄 때마다 어쩌면 이 앞에는 밝은 장래가 기다리고 있을지 모른다고 막연한 기대를 품었다. 더 강해지면, 무언가 좋은 일이 있을지도 몰라…….

고등학교 3학년 여름이었다. 시골 마을에서 프로레슬링 대회가 열렸다. 그때까지는 TV 중계를 통해서도 본 적이 없을 정도로 프로레슬링에는 관심이 없었다. 그러나 그날 아침, 다이사쿠는 운명과 같이 신문에 끼어 있는 할인권을 발견했다. 오늘 저녁 6시 반, 중앙역 광장 특설 무대, 학생 요금 1,000엔과 같은 문구가 담긴 할인권에는 레슬러들의 사진이 박혀 있었다. 다이사쿠는 한 외국인 레슬러의 얼굴에서 눈을 뗄 수 없었다.

[미국 No.1 악당! 딕 더 크래셔의 습격!]

  찌그러진 눈과 삐뚤어진 코, 원래 생김새가 상상조차 안 될 정도의 만두귀. 들쭉날쭉 상처투성이 이마, 둘로 갈라진 턱. 힘껏 부릅뜬 찌그러진 눈으로 다이사쿠를 노려보고 있다. 미간에는 깊은 주름이 잡혔고, 모두를 증오한다는 듯 이빨을 드러내고 있다. 추남이다. 어쩌면 나보다도 더……아니, 원래는 평범한 얼굴이었겠지만 시합을 거듭하는 동안 변형이 일어나 추남이 됐을 것 같다. 어쨌든 이런 엄청난 추남이 무슨 생각으로 대중 앞에 얼굴을 드러내는 것일까? 속내를 알고 싶다. 이 레슬러를 직접 눈에 담으면 어쩌면 무언가 깨달음을 얻을지도 모른다. 다이사쿠는 유도부 연습에서 돌아와 1,000엔 지폐 한 장을 손에 쥐고 홀로 중앙역 광장으로 향했다. 산간 서쪽 하늘이 자줏빛으로 물들어 있었다.

  언제나 썰렁하던 역 앞에 푸른 비닐 시트의 막이 벽처럼 서 있다. 그 막 안쪽이 특설 대회장이다. 밖에서 안을 들여다볼 수 없는 구조로 설치돼 있다. 이미 대회장 주변은 특별히 할 일도 없이 어슬렁거리는 사람들로 북적였다. 다이사쿠는 한시라도 빨리 안으로 들어가고 싶었다. '티켓 판매소'라고 쓴 종이가 늘어진 책상 앞에 줄을 서 티켓을 사고, 입구에 선 관계자로 보이는 아저씨에게 건넸다. 드디어 특설 대회장으로 입장했다.

부지 한가운데 장난감처럼 매달린 네모난 불빛 아래에 링이 놓여 있다. 그리고 사방 빽빽하게 링을 에워싸고 있는 접이식 파이프 의자에는 관객이 이미 반정도 차 있었다. 그런 추남이 이토록 많은 이들 앞에 모습을 드러내는 것이다. 도대체 무슨 생각으로…… 그 속내를 알면, 나도 변할 수 있을지도 모른다. 그런 예감이 들었다. 다이사쿠는 뒤에서 두 번째 줄 가장자리 의자에 앉아 그 순간을 기다렸다.

딕 더 크래셔는 그날 마지막으로 등장했다. 대기실을 가린 막을 잡아 뜯을 듯이 들추고 모습을 드러내더니 영어로 알 수 없는 고함을 지르며 객석을 향해 돌진한다. 혼비백산한 관객들은 일제히 도망쳤다. 다이사쿠도 달아났다. 추남 외국인은 의자를 걷어차고, 제압하려 덤비는 젊은 선수들을 손에 잡히는 대로 허공에 던지거나, 쓰러진 의자 위로 내리꽂았다.

한참 난동을 부린 끝에 겨우 링으로 향할 때쯤 다이사쿠가 앉아 있던 주변은 멀쩡히 서 있는 의자 하나 없이 풍비박산나 있었다. 이쪽으로 다시 올 것 같지는 않다. 관객은 잡히는 대로 접이식 의자를 들어 되는 대로 놓고 앉으면서 "무서웠다!", "죽는 줄 알았어!"라며 호들갑을 떨었다. 다이사쿠도 눈 앞의 의자를 집어 들었다. 그리고 그 순간 어떤 사실을 깨달았다.

모두가 웃고 있었다.

무서워하면서도, 모두가 그 상황을 한껏 즐기고 있었다. 다이사쿠 또한 자기도 모르게 싱글벙글하고 있었다. 살면서 이도록 즐거웠던 적이 있었던가! 험상궂은 얼굴의 외국인이 모두를 즐겁게 하고 있다. 추남이 다른 이를 웃길 수 있다니! 다이사쿠에게는 신선한 충격이었다.

시합은 딕 더 크래셔가 일본인 레슬러를 일방적으로 흉기로 공격해 피투성이로 만든 탓에 3분여 만에 반칙패가 선언됐다. 관객들이 일제히 야유를 보냈다.

"입장료 물어 내, 멍청한 놈!"

"반칙밖에 할 줄 모르냐!"

관객 모두의 시선이 추남 레슬러 한 명에게 쏟아진다. 모두가 추남만을 바라본다. 험상궂은 얼굴을 더욱 무섭게 만들고 관객을 노려보는 딕 더 크러셔. 그때 다이사쿠 앞에 앉아 있던 커플 중 여성이 "너 영어 되잖아. '추남'이라고 외쳐 봐!"라며 남성에게 졸랐다. 남성은 의기양양한 표정을 짓더니

"유 아 어글리!"

메가폰처럼 양손을 입에 대고 외쳤다. 그 외침에 외국인의 움직임이 일순간 멈추더니, 천천히 소리가 난 방향으로 몸을 돌리며

"갓 뎀!"

링에서 내려와 돌진했다. 관객들은 또다시 일제히 도망친다. 모두가 무서워했고, 모두가 즐거워했다. 귀갓길에 다이사쿠는 관객들이 나누는 대화를 들었다.

"마지막에 나온 외국인이 제일 재밌었어!"

"아아, 추남 말이지? 진짜 괴물 같더라! 굉장했지!"

그때 다이사쿠는 막연하게 품고 있는 화두였던 '더 강해지면 얻을 수 있는 무언가'에 대한 확실한 답

을 알 수 있었다. 그렇다. 비록 추남일지라도 강하다면 주인공으로 살아갈 수 있는 세계가 이 세상에는 있었다. 나는 어쩌면 어딘가에 그런 세계가 있으리라는 예감을 품고, 무의식적으로 줄곧 찾고 있었는지도 모른다. 얼굴이 잘생기고 못생기고 따위 상관없다. 나도 그런 세계 안에서 살고 싶다. 프로레슬링의 세계 안으로 들어가고 싶다. 프로레슬러가 되고 싶어! 되고 말 거야! 다이사쿠의 인생이 꿈틀거리기 시작했다.

집에 돌아가 곧장 부모님께 의사를 전했다. 아버지는 묵묵부답이었지만 어머니는 대찬성이었다. 다이사쿠는 이미 두 사람의 그런 반응을 예상하고 있었다.

"상경해서 거물이 될 거라기에 결혼했더니! 날 속였어!"

다이사쿠의 머리가 굵어질 무렵부터 어머니는 아버지에게 빈번하게 폭언을 가했다. 두 사람이 어떻게 결혼하게 됐고 긴 세월 무슨 일이 있었는지 다이사쿠는 알지 못한다. 다만 아버지가 과거 풍운의 뜻을 안고 상경한 적이 있지만 무슨 까닭인지 좌절해 고향으로 돌아왔다는 사실, 어머니는 아버지가 재기하여 대박을 내리라 믿고 결혼했지만 터무니없이 꽝이었다는 사실을 어머니의 일상적인 불평불만으로부터 살펴 짐작하고는 있었다. 그래서 어머니가 평생 품어 온 상경의 꿈을 이번에는 틀림없이 자신에게 걸어볼 것이라 예상했다.

"다이사쿠가 프로레슬러가 될 수 있기를."

벌써 불단 앞에 손을 모으고, 신에게 비는 어머니의 뒷모습. 다이사쿠는 어머니가 실은 아들이 아닌 자기 자신을 위해 기도하고 있다는 사실을 알고 있었다. 어머니도 어딘가 다른 세계로 가고 싶다는 점에서 나와 같다. 못난 얼굴로 태어난 열등감을 성불시켜 주는 세상으로. 아버지로는 무리였다. 대신 아들인 자신에게 기대하고 있다.

눈앞의 아버지가 저만치 있는 어머니보다 작아 보인다. 그가 찬성인지 반대인지 자기 생각을 입 밖으로 내는 일은 절대 없을 것이다, 언제나 그렇듯이. 아버지는 고개를 늘어뜨리고 침묵한 채 공장 일로 기름때 질 일 없는 손끝을 문지르고 있었다.

그 후 다이사쿠는 빠르게 프로레슬링에 빠져 들었다. 처음에는 단순히 추남도 받아들여 주는 세계이기 때문이라는 의미가 강했지만, 보면 볼수록 프로레슬링의 매력에 사로잡혔다. 매주 빠짐없이 TV 중계를 챙겨 봤고, 프로레슬링 잡지도 다 읽었다. 딕 더 크래셔는 태생적으로 못생긴 얼굴이라는 콤플렉스 때문에 세상에 복수하기 위해 악역 레슬러가 됐다는 기사도 접했다. '나랑 똑같았구나!' 멋대로 동질감을 느꼈고, 용기를 얻었다. 이 험상궂은 얼굴을 당당히 들고 살아갈 수 있는 프로레슬링의 세계에 들어가고 싶다. 어머니의 소원을 성취하기 위함도, 도쿄에서 좌절한 아버지를 위로하기 위함도 아니다. 부모가 떠난 후에도 추남의 얼굴로 살아가야 하는 다이사쿠 자신을 위해서였다.

고등학교를 졸업하고 3일 후 다이사쿠는 신일본 프로레슬링 입문 테스트를 받기 위해 상경했다. 도쿄역에서 도장이 있는 긴시초까지는 전차로 금방 갈 수 있었다. 그러나 도장 근처 전차역에 도착해서는 어수선한 간판과 북적이는 인파, 꼬리를 무는 차량으로 번잡한, 시골 마을과는 전혀 다른 도쿄 거리에 당황했다. 몇 사람인가 붙잡아 길을 물으려 했지만, 경계하는 표정을 감추지 않고 지나쳐 갔다. 시계를 보니 집합 시간인 오후 2시까지 30분밖에 남아 있지 않았다.

급한 대로 걷다 보니 한산한 길이 나왔다. 주위를 둘러보니 완만한 커브 길 건너편 벽돌 담장에 걸린 철판 위에 페인트로 그린 동네 지도가 보였다. 좌우를 살펴 차가 오지 않는 것을 확인한 후 뛰어서 길을 건너려 할 때 사각지대에서 보라색 튜닝 카가 튀어나왔다.

"우왓!"

아슬아슬하게 차가 멈췄다. 리젠트 머리를 한 남자가 운전석 창문을 열고 소리친다.

"이 자식아 죽고 싶어! 어딜 보고 걷냐!"

"죄, 죄송합니다!"

"……응?"

남자는 다이사쿠의 얼굴을 보더니 입을 꾹 닫고 차를 몰고 떠났다. 프로레슬링을 좋아하게 되고부터, 못생긴 얼굴 덕에 성가신 일을 모면할 때마다 다이사쿠는 '이득을 봤다'고 긍정적으로 생각하고자 노력했다. 가슴을 쓸어내리고 한숨을 내쉬었다.

지도를 확인하고 다시 발걸음을 옮겼지만 도장은

보이지 않았다. 집합 시간이 다가오고 있다. 진땀을 훔치며 같은 장소를 빙글빙글 돌고 있을 때 역삼각형 상체의 젊은 남자가 운동 가방을 들고 빠른 걸음으로 스쳐 지나갔다. 근육 음영이 뚜렷한 굵은 팔뚝을 봐도 분명히 단련한 몸이었다. 아무래도 테스트에 응시하러 가는 사람 같아 따라가 보니, 역시 맞았다. '신일본 프로레슬링 도장'이란 간판이 걸린 조립식 건물이 잡지에서 본 사진과 똑같았다.

남자는 도장의 반투명 유리문 앞에서 숨을 가다듬었다. 다이사쿠는 조금 떨어진 곳에 서서 그 뒤로 붙을지 말지 망설이고 있었다. 그러자 남자가 다이사쿠에게 시선을 줬다. 눈이 마주쳤다. 겉멋이 잔뜩 들어 보이기는 하지만 영화배우처럼 잘생긴 외모다. 당황한 다이사쿠는 "……죄송합니다."하고 반사적으로 고개를 숙였다. 그러자 남자는 노골적으로 불쾌한 표정과 함께 "칫!" 혀를 차며 다이사쿠를 무시하더니, 노크하고 문을 열었다.

"실례합니다. 오늘 입단 테스트를 받으러 온 사사하라 가즈히코라고 합니다. 잘 부탁드립니다!"

예의 바르게 큰 목소리로 인사하더니 깊이 고개 숙

여 인사했다. 도장 안에서 "오우!"하고 환영하는 목소리가 돌아온다. 그리고 남자는 다이사쿠는 안중에 없다는 듯 문을 닫고 도장에 입장해 버렸다.

재수 없는 놈! 다이사쿠는 중압감을 느꼈다. 인사도 테스트의 일부일 것이다. 하필 미남 바로 뒤에 추남 중에 추남인 자신이 입장하는 것이다. 그래도 각오를 다지고 문 앞에 서서, 자기가 낼 수 있는 가장 큰 목소리로 외쳤다.

"시, 실례합니다! 입문 테스트를 받으러 온 곤, 곤……곤, 다사쿠입니다! 잘 부탁드립니다!"

반응이 없다. 너무 긴장해서 노크도 문을 여는 것도 잊고 있었다.

문 반대편에서 남자들의 폭소와 함께 "매년 꼭 있다니까, 이런 멍청이가!" 익숙한 목소리가 들렸다. 반투명 문 너머로 목소리의 주인공이 다가온다. 문을 열자 삭발 머리를 한 억센 인상의 남자가 서 있었다. TV 프로레슬링 중계에서 해설을 담당하는 은퇴한 레슬러이자 코치로도 유명한 야마모토 테츠오였다. 그 너머로는 몇몇 현역 레슬러들의 모습이 보였다.

"시, 실례합니다! 입문 테스트를 받으러 온 곤다 다

이사쿠입니다. 잘 부탁드립니다!"

다시 한번 인사를 하자 소란스럽던 도장이 조용해졌다. 모두의 시선이 다이사쿠의 얼굴로 쏠렸다. 야마모토가 다이사쿠의 얼굴을 조금의 거리낌도 없이 응시했다.

"너도 테스트 받으러 온 거냐?"

다이사쿠는 나쁜 짓이라도 저지른 듯 움츠러들었다.

"네, 넵!"

너무 못생긴 탓에 문전박대 당하는 것일까?

"엄청난 추남이구먼!"

도장이 웃음바다가 되었다. 야마모토도 껄껄 웃는다. 지금까지 다이사쿠의 인생에서 이처럼 대놓고 외모를 놀린 사람은 아무도 없었다. 그러나 이 사람은 내 눈앞에서 추남이라고 말해 주었다. 거침없이 말이다. 내 예감이 틀리지 않았어! 프로레슬링은 나를 따돌리지 않는다! 역시 프로레슬링이야말로 내가 있을 곳이다! 반드시 입단하고 말겠다! 투지가 끓어올랐다.

"얼른 들어와서 옷부터 갈아입어."

"넵!"

도장 내를 살펴보니 링, 바벨, 그 외에도 본 적 없는 운동 기구가 가득하다. 한쪽 구석에 열 명 정도의 응시자가 모여 운동복으로 갈아입고 있었다. 기묘한 생물이라도 관찰하는 듯한 시선으로 다이사쿠를 흘끔흘끔 훔쳐보는 자도 있었다. 지금까지의 다이사쿠라면 자신도 모르게 사과부터 했겠지만, '이 녀석들 전부 쓰러뜨려주마!' 지금은 투지가 앞섰다. 특히 사사하라는 마치 벌레라도 보는 듯한 표정을 하고 다이사쿠의 얼굴을 쏘아보고 있었다. '저놈만은 반드시 이길 테다!' 다이사쿠의 투지에 한층 불이 붙었다.

응시자가 한 줄로 늘어섰다. 신장 173cm 다이사쿠의 키가 가장 작아 보였다. 스쿼트 500회, 팔굽혀 펴기 300회, 윗몸 일으키기 200회를 마친 시점에 제대로 살아남은 응시자는 다이사쿠와 사사하라 2명뿐이었다.

"둘만 남고, 나머지는 집으로 돌아가!"

시험을 감독하는 야마모토가 "이 정도 수준의 체력으로……프로레슬링이 뭐라고 생각하는건지." 혼잣말하며 어깨에 걸친 죽도를 건들건들 흔들었다. '봤냐! 전부 나가 떨어졌다고! 이제……저 녀석만 넘으면 된다!' 숨을 고르며 다이사쿠는 생각했다.

10분의 휴식 시간을 가진 후, 마지막 테스트가 남아 있었다.

"두 명 다 링 위로 올라가. 스파링이다! 수단과 방법을 가리지 말고, 한 쪽이 항복할 때까지 싸워라!"

레슬러들이 흥미진진한 눈길을 보내며 "미남과 추남의 세기의 대결이네!"라고 놀렸다. 야마모토가 덧붙였다.

"그리고 올해 채용 인원은 한 명뿐이다. 이 스파링에서 이긴 놈을 뽑는다!"

다이사쿠는 기합을 넣으며 링에 올랐다. 링 중앙에서 대치하는 두 사람. 다이사쿠를 벌레 보듯 하는 사사하라의 시선에는 변화가 없다. 그 눈에는 흔들림 없는 자신감 또한 담겨 있다. 다이사쿠는 약간의 심뜩함을 느꼈다. 신장도 사사하라가 10센티미터 정도 컸다.

"시작!"

야마모토의 호령에 맞춰 다이사쿠는 유도의 준비 자세를 취하고 앞으로 나섰다. 사사하라는 특별한 자세를 취하는 대신 양팔을 늘어뜨리고, 마치 우아한 공작새와 같이 스르륵 뒤로 물러서며 다이사쿠에게 거리를 내주지 않았다. 무언가 격투기를 단련한 것이 분명했다. 그 격투기가 무엇인지 알 길은 없고, 유도가 전문인 다이사쿠로서는 상대를 잡지 못하니 아무것도 할 수 없었다. 다이사쿠의 노림수는 팔만 붙잡으면 바로 시전할 수 있는 허리후리기였다. 사사하라의 왼팔이 다이사쿠의 얼굴로 향했다. 지금이다! 상대의 속임 동작이라고 판단한 다이사쿠는 그 팔을 붙잡기 위해 돌진했다. 그러나 그 순간 사사하라의 왼쪽 다리가 가볍게 허공을 가르며 다이사쿠의 오른쪽 뺨을 직격했다. 마치 금속 파리채로 수면을 촤악! 때리는 듯한 소리가 다이사쿠의 오른쪽 귀에 들렸다. 정신이 몽롱한 가운데 '가라테였구나!'라고 깨닫는 순간, 쉴 새 없이 오른발 앞차기가 날아들었다. 명치에 깊숙이, 예각으로 파고든다. 피할 곳 없는 충격과 고통의 소용돌이가 뱃속에서 납덩이로 승화했다.

"큭……웩."

한쪽 무릎을 꿇는 다이사쿠. 사사하라는 다이사쿠의 얼굴에 돌려차기를 꽂을 생각인지 오른발을 한껏 끌어당겼다.

"못생긴 얼굴이 더 망가지겠다!"

구경하는 레슬러 중 누군가가 야유하는 순간, 오른발 돌려차기가 큼직한 호를 그리며 다이사쿠의 안면으로 날아들었다. 그러나……직격 직전 양손으로 막아 낸 다이사쿠가 재빨리 일어나더니, 균형을 잃은 사사하라에게 단번에 밀착해서는 오른손으로 사사하라의 왼팔을 붙잡아 허리후리기로 매트 위에 내리꽂았다. 흔들리는 금속 판 위로 두 사람의 체중이 실리면서 웅장한 파열음이 울렸다. 다이사쿠는 그대로 유도 굳히기 기술에 돌입해 양팔에 혼신의 힘을 실어 사사하라의 목을 졸랐다. 사사하라는 뜨거운 물을 뒤집어쓴 거미와 같이 오른팔과 두 다리를 버둥거렸다.

"끝났다!"

다시 누군가가 외쳤다. 그때였다. 허공을 휘졌던 사사하라의 오른손이 다이사쿠의 얼굴로 향했다. 그리고 독수리 발톱처럼 휘어진 엄지손가락이 다이사쿠의 오른쪽 안와를 찔렀다.

"……큭!"

두 사람이 야마모토와 레슬러들에게 등을 보이고 있었기 때문에 아무도 사사하라의 반칙을 눈치채지 못했다. 사사하라의 엄지손가락이 일말의 망설임도 없이 다이사쿠의 눈을 파고 들었다.

 죽여버릴 거야!

 다이사쿠는 태어나 처음으로 살의를 품었다. 오른쪽 눈을 잃는 한이 있더라도 죽여 버리마!

 "으아아아악……!"

 누가 내는지 모를 몸을 쥐어짜는 신음이 도장 내에 울려 퍼졌다. "거기까지!" 황급히 두 사람 사이에 끼어드는 야마모토. 혼자서는 두 사람을 뗄 수 없어 두 사람의 젊은 레슬러가 합세했다. 유령처럼 휘청휘청 몸을 일으키는 다이사쿠. 사사하라는 정신을 잃고 있었다.

 "음, 음! 제법이다! 올해 합격자는 너다!"

 다이사쿠의 가슴에, 머리에, 온몸에, 모든 세포에 절규하고 싶은 충동이 용솟음쳤다. 그 자리에 무릎을 꿇고 하늘을 향해 두 팔을 뻗고 알아듣지 못할 말을 마구 외쳤다.

 그리고 의식을 되찾은 사사하라는 꿈틀거리기 시작했다. 파열 직전까지 갔던 얼굴의 핏줄에 아직 혈색이 돌아오지 않은 안색이었다. 죽은 사람에게 억지로 영혼을 돌려줬지만, 아직 육체에 스며들지 못한 듯한 그로기 상태였다. 축 늘어진 신음이 작게, 그저 새어 나오고 있다. "내년에도 도전해 봐라!" 야마모토가 말을 걸자, 듣는 둥 마는 둥 인사를 하고는 휘적휘적 유령처럼 링에서 내려갔다.

자판기의 배출구에 캔이 떨어지는 소리가 간격을 두고 두 번 들렸다.
"잘 마시겠습니다, 코치님."
"아아."
입문 테스트에 합격, 오늘부터 기숙사 생활을 시작하기에 필요한 설명을 들은 다이사쿠가 도장 안에서 옷을 갈아입고 있을 때 조립식 건물의 얇은 벽 너머로부터 야마모토와 어느 레슬러의 대화가 들렸다.
"잘생긴 놈도 받았으면 좋았을 건데요."
"아냐, 그놈은 못 쓴다."
"어째서입니까?"
"성격이 비뚤어졌어. 싹수가 노래."
다이사쿠는 자기도 모르게 고개를 끄덕였다.
"어, 그런가요?"
"뭐, 입단하고 기를 좀 죽이면 변할지도 모르지만."

"그건 그렇죠."

그 말에는 무의식적으로 고개를 좌우로 흔들었다.

"그렇다 해도 저 엄청난 추남 말이에요! 그 얼굴을 사람들 앞에 내보여도 되는 겁니까!?"

내 얘기를 하고 있다. 야마모토가 뭐라고 대답할지 불안했지만, 무슨 말이든 흘려듣지 않기 위해 의식을 귀에 집중했다.

"누가 봐도 굉장한 얼굴이지! 크하하! 하지만 그 녀석에게서는 집념이 느껴져. 잘 모르겠지만, 지금까지 허투루 산 녀석은 아닌 것 같아."

"집념……입니까."

다이사쿠도 조용히 "집념……."이라고 되뇌었다.

"집념이 있다 한들 쓸만한 물건이 되겠습니까!?"

꽤 집요하고 무례한 선배였다. 그러나 야마모토의 다음 한 마디는 여태까지 다이사쿠의 내면에 쌓인 열등감을 한 방에 날려버릴 만한 것이었다.

"물론 아니지. 하지만 그 녀석 얼굴을 잘 봐라. 어쩌면 시대의 악역이 될 만한 굉장한 인재일지도 몰라. 크하하하!"

다이사쿠에게 야마모토 코치는 보이지 않는 곳에서

험담이 아닌 칭찬을 해 준, 인생에서 처음으로 만난 은인이었다. 뺨을 타고 흐르는 눈물이 언제까지나 멈추지 않았다.

"추남! 오늘 저녁은 전골이다. 마른 멸치 왕창 사와."
"네, 다녀오겠습니다!"
입단 후에 한 달이 흘렀다. 혹독한 연습과 기숙사 생활에는 간신히 익숙해졌다. 아직 지방 대회에 동행하지는 못했지만, 수도권에서 열리는 당일치기 대회에서는 링 만들기나 세컨드 역할도 경험했다. 선배들은 하나같이 입이 거칠었지만, 언제나 스스럼없이 진지하게 대해 주었다. 추남이란 별명도 선배들이 자신의 전부를 있는 그대로 받아들여 주는 기분이어서 다이사쿠로서는 오히려 기뻤다. 다이사쿠는 만사를 긍정적으로 볼 수 있는 체질로 변화하고 있었다. 인생이 달라지고 있었다.

간절히 바라던 외출 허락이 어제 떨어졌다. 입단 후 한 달간은 식재료 심부름 외 통금이었다. 그래서 어젯밤은 기숙사 밖 공중전화에서 오랜 시간 부모님과 통화했다. 매일 즐겁게 지내고 있다고, 이 세계에서 반드시 최고가 되어 보이겠다고 결의를 내보이자 수화기 너머 어머니는 신이 났다.

"반드시 챔피언이 돼야 해! 우리 아들이 프로레슬러가 되다니 동네는 이미 난리가 났어!"

아버지는 다이사쿠의 이야기에 작은 목소리로 맞장구만 쳤지만,

"자신을 위해 노력해라……."

마지막에 희미하게 한 마디를 남겼다.

언제나 도장 근처 슈퍼마켓에서 장을 봤지만, 역 반대편 생선 가게 상품이 싱싱하다는 선배의 얘기를 듣고 그곳으로 향했다.

생선 가게와 바로 옆 야채 가게에서 재료를 대량으로 구입했다. 멸치, 무, 당근, 배추, 파, 표고버섯, 팽이버섯, 마늘, 생강……양손의 장바구니가 가득 찼다. 전골 육수를 내기 위해 많은 양의 멸치를 손질할 시간이 빠듯하다. 다이사쿠는 도장을 향해 뛰었다.

완만한 커브 길로 접어들었다. 입단 테스트 날, 이곳에서 차에 치일 뻔한 기억을 떠올렸을 때 이미 다이사

쿠는 길을 건너고 있었다. 급한 마음에 좌우도 살피지 않고 달렸다. 그러자 그때와 마찬가지로 완전한 사각지대에서 갑자기 차가 튀어나왔다.

급제동 소리와 함께 마치 높은 곳에서 추락한 장롱이 도로로 내리꽂혀 박살 나는 듯한 파열음이 울렸고, 마른 멸치와 채소가 한가득 길 위에 널브러졌다.

눈을 떠보니 침대 위였다. 어디지? 여기는? 창문으로 햇빛이 비치고 있다. 뽀얗고 깨끗한 방. 병원임을 직감했다. 동시에 차에 치이는 순간의 잔상이 뇌리에 선명히 되살아나 한순간 사태를 파악했다.

그래서……이럴 때는 어떻게 해야 하나? 아니, 우선 내 몸은 무사한 걸까? 다이사쿠는 상반신을 일으켜 세우고 좌우의 손가락을 움직여 보았다. 움직인다. 어깨와 목도 돌려 본다. 무사하다. 그러나 그때 왼쪽 발끝에 묘한 어색함을 느꼈다. 심장이 쿵쾅거린다. 하반신을 덮은 이불을 들춰냈다.

"……다행이다."

왼쪽 정강이에 붕대가 감겨 있기는 하나 두 다리 모두 멀쩡했다. 오른쪽 허벅지를 끌어당겨 무릎을 구부려 보았다. 움직인다. 붕대 속 상태를 알 수 없으니 왼쪽은 천천히 움직여 본다. 무사했다. 이번에는 발목이다. 오른쪽. 움직였다. 왼쪽. 움직이지 않았다.

……어?

왼쪽 발목을 안쪽으로 당길 수가 없다. 바깥쪽으로는 움직이지만, 안쪽으로 당기는 것은 어떻게도 불가능했다. 좌우를 동시에 움직이다 보면 왼쪽도 움직이지 않을까 싶어서, 오른발을 미친 듯이 움직였다. 왼쪽이……움직였다! 고 생각한 것은, 침대가 흔들려서 일어난 착각이었다.

창문으로 햇빛이 비치는 순백의 방. 창밖에서 "잠깐만!"하고 외치는 남자아이의 즐거운 목소리가 들렸다. 움직이지 않는 왼발의 엄지발톱이, 다이사쿠를 물끄러미 바라보고 있다……죽음을 앞둔 코끼리의 억울한 눈과 같이.

"으아아아아!!"

다이사쿠가 미친 듯이 절규했다.

창밖으로 가라앉는 석양이 마지막 저항을 시도하고

있었다.

"의사 말에 따르면 종아리뼈 신경이 끊어졌다. 이제 그 부분은 평생 움직이지 않을 거라고 해."

머리맡 의자에 걸터앉은 야마모토의 말이 다이사쿠의 새하얀 머릿속에서 검은 애벌레와 같이 굼실거렸다.

"프로레슬링은 포기해라."

그 한마디만은 굼실거리지 않고 붓으로 쓴 글씨와 같이 선명하게 남았다. 장례식과 같은 흑백의 색조.

"곤다."

"……네."

"너, 링 아저씨 하지 않을래?"

석양이 저물었다.

진료 시간이 끝난 후 어둑어둑한 병원 로비, 공중전화. 목발을 짚은 다이사쿠의 모습이 맞은편 유리문 출입구에 멀리 작게 비치고 있다. 다이사쿠는 본가에 전화해 있는 그대로 사실을 얘기했다.

"뭐? 그럼 프로레슬러가 될 수 없는 거야? 어떻게 되는 건데? 백스테이지에서 일하는 링 아저씨? 그게 뭔데? 무슨 소리야?"

어머니는 몹시 혼란스러워했다.

뭘 묻는 걸까? 내 장래? 어쩌면 어머니의 꿈? 또는 이미 난리가 났다는 주변 사람들에 내세울 체면? 면회를 온 듯 어머니의 손에 이끌려 걷고 있는 여자아이와 환자복을 입은 아버지 3인 가족이 웃음꽃을 피우며 유리문 밖으로 걸어 나가는 모습을 바라보며 다이사쿠는 이야기할 기운을 급격히 잃어버렸다. 그때.

"전화 바꿔."

수화기 너머 나지막이 들리는 아버지의 목소리였다. 어머니 대신 얘기하려 한다. 어머니 앞에 아버지가 나서는 것은 다이사쿠가 기억하는 한 처음이었다.

"다이사쿠."

아버지에게 이렇듯 분명하게 이름을 불린 것도 철들고 처음인 것 같다.

"감사한 마음으로 링 아저씨 일을 승낙하도록 해라."

자신의 의견을 확실히 말하는 아버지에게는 더욱 놀랐다. "이 등신아! 걔는 프로레슬러가 돼야 한다고!" 신경질적으로 외치는 어머니의 목소리가 들렸다. 아버지는 담담한 어조로 말을 이었다.

"꿈을 포기해야 하는 너의 분한 마음 내가 잘 안다. 하지만 잘 들어라."

무슨 이야기를 하려는 것일까? 다이사쿠는 수화기를 귀에 딱 붙였다. 어머니도 그 순간만큼은 숨을 죽였다.

"실은 나는 젊을 때 도쿄에서 배우가 되고 싶었다. 영화를 좋아했으니까. 그래서 연기 학원에 다녔지만 재능이 없었다. 포기할 수밖에 없었다."

출판사를 그만둔 후의 일이구나, 생각했다.

"그러니까 각본가가 되기 위한 공부를 했다. 무대 뒤라도 좋으니 영화와 관련된 일을 하고 싶었다. 하지만 그런 재능 역시 나에게는 없었다. 저기 다이사쿠."

"네."

"감사하게 링 아저씨 일을 승낙해라."

"……."

"넌 할 수 있잖냐. 그리고 행복하잖니."

뒤에서 어머니가 소란을 피우기 시작했다. 철썩철썩 아버지를 손바닥으로 마구 때리는 소리와 함께 "행복할 리가 있어? 넌 쓸모없는 놈이지만 걔는 다르

다고!"라고 쇳소리를 냈다. 그러자,

"시끄러!"

아버지가 어머니를 일갈했다. 다이사쿠 인생 최대의 충격이었다. "어……어어……." 지금까지 들어 본 적 없는 어머니가 숨을 삼키는 소리가 희미하게 들린다.

"다이사쿠!"

"네!"

자신도 모르게 자세를 바로잡았다.

"나는 무대 뒤에 서는 것조차 할 수 없었던 남자다."

"……"

"넌 행복할 수 있잖냐."

문득 보니 유리문에 멀리 작게 비치는 자신이 있었다. 추남 주제에……꿈마저 포기하고……그럼에도……행복……할 수 있을까?

그로부터 30년. 아버지는 이미 돌아가셨다. 어머니는 최근 한창 개발이 진행 중인 시골 마을에서 여전히 건재하지만, 이미 오랫동안 만나지 않았다. 어머니로부터 연락도 거의 없다. 30년 전 그날 이후 아버지에게 미친 듯이 쏟아부은 생명 보험의 보험금으로 흥청

망청 여생을 보내고 있을 것이다.

넌 행복할 수 있잖냐.

사실 그 말은 아버지가 자신에게 한 말이 아닌 어머니를 상대로 시도한 처음이자 마지막 저항이었을지 모른다고 다이사쿠는 생각한다. 젊을 적 배우의 길을 포기하고 귀향한 후에도 아버지는 각본가의 꿈을 놓지 않고 노력했을 것이다. 그러나……. 다이사쿠는 그 이상 생각하지 않으려 한다. 아버지와 어머니가 하나가 되었기에 자신이 지금 이 세상에 존재하는 것이다. 그 이상은 부질없는 생각이다.

그로부터 30년. 셀 수 없이 많은 청춘이 꿈을 품고 프로레슬링계에 입문했다. 데뷔를 이루고, 갈채를 받았다. 그러나 세월이 흘러 그들도 이제는 대부분 프로레슬링 세계를 떠났다. 떠나고 싶어 떠난 이는 거의 없다. 다이사쿠는 꿈을 이루지 못했다. 대신 지금도 꿈의 지척에서 살아가고 있다.

그로부터 30년. 다이사쿠는 오늘도 자신이 그 위에 오를 일은, 스포트라이트를 받을 일은 절대로 없을 링을 만들고 있다. 평생 품고 있는 의문에 대한 답은 아직도 구하지 못한 채로.

추남, 꿈을 이루지 못한. 그럼에도 나는……행복한 걸까?

3장

알파걸

 아들 얘기부터 할게요. 이렇게 제가 인터뷰하게 된 것도, 생각해 보면 아들이 고등학교에 가지 않는 계기가 된 **그 사건**이 발단이니까요.

 아들은 흔히 말하는 은둔형 외톨이는 절대 아니에요. 중학교 졸업 후에도 일주일에 오일은 스스로 알람을 맞추고 일어나 이삿짐센터에서 아르바이트했으니까요. 중학교 졸업 이후 용돈을 준 적이 없어요. '괜찮아요, 벌고 있으니까.' 하고. 아르바이트에서 무거운 짐을 옮기고 와서는 '프로레슬러처럼 팔이 두꺼워진 것 같아! 여기, 근육, 봐봐!'라며 기쁜 얼굴로 위팔두갈래근을 내보이기도 하고……아, 위팔두갈래근이라는 건, 흔히 말하는 알통이에요. 그래서 특별히 걱정은 하지 않았어요. 아르바이트하는 곳에서 인간관계도 맺고 있었을 테고요. 성실하게 일하고 있는 이상 다른 사람과 커뮤니케이션도 문제없이 하고 있구나 하고. 그리고 사건 전처럼 어둡지 않았어요, 표정이. 아……사건에 대해 아직 얘기하지 않았네요, 미안해요. 인터뷰가 처음이라 긴장해서 횡설수설하네요. 순서대로 말씀드릴게요.

 중학교 3학년, 언제였더라? 집에 돌아오지 않은 날이 있었어요. 시험 전날이었고요. 그런데 프로레슬링을 보러 간다기에 화가 나서 손을 올리고 말았지 뭐예요, 아들을, 제가……. 아들이 처음 프로레슬링을 좋아하게 된 건 초등학교 1학년 때였어요. 신문에 할인권이 동봉돼 있었거든요. 마스크를 쓴 레슬러의 사진을 보더니 '무조건 갈래!'하고. 결국 남편이 데려가 줬어요. 그때부터 완전히 빠져버려서. 머릿속에 프로레슬링 생각만 가득했어요. 공부는 전혀 안 했고요. 차라리 덩치가 크면 프로레슬러라도 되겠지만, 평균보다 작았어요, 줄곧. 최근에는 키가 쭉쭉 크고 있어 다행이라고 생각하지만……아, 무슨 얘기 중이었죠? 맞다, 아들에게 제가 손을 대고 말아서. 그랬더니 집을 나가서는 돌아오지 않았어요. 저는 너무 걱정돼서 몇 번이나 경찰에 전화할까 했죠. 그랬더니 남편이 '바보 같은 소리하지 마, 유난 떨기는!'이라며 버럭 화를 냈어요.

"금방 돌아오겠지!"

남편도 중학생 때 몇 번이나 가벼운 가출 정도는 한 적이 있으니까 괜찮다나 뭐라나. 그 나이 때는 그럴 수 있다고. 하지만 사실 그때 남편은, 그저 귀찮았던 것이 아닐까 생각해요. 그 날도 술에 취해 귀가했으니까. 아들이 걱정되지 않는 건 아니었겠지만. 취하면……아니, 맨정신일 때도 언제나 정말 설렁설렁이에요. 요즘도 그래요.

그러나 아들은 아침이 돼도 돌아오지 않았어요. 남편도 그제서야 걱정됐는지 '경찰에 전화해도 되지 않을까?' 남 일처럼 말하고 회사에 가버리고. 저한테 미루는 거에요. 어떻게 할지 고민하는 중에 학교에서 전화가 와서는 '나고야에서부터 트럭을 타고 등교한 것 같은데 어찌 된 영문인지 일절 얘기하지 않는다.'고, '어떻게 하면 좋겠느냐?'고. 도무지 영문을 모르겠더라고요. 점심 지나서 돌아왔을 때 저는 무척 화를 냈죠.

"어제 나고야까지 갔었니? 대체 어떻게 된 거야? 시험은 봤고!?"

다그쳐도 아들은 아무 얘기도 하지 않아요. 뭘 물어봐도 대답하지 않고요. 저는 더 이상 어떻게 하면 좋을지 몰라서……. 그런데 같은 일이 반복되는 것만은 피하고 싶어서요, 아들이 가장 원하는 것을 사주기로 했어요. 말하자면 비위를 맞춰 준 거죠. 옳은 판단이었는지 알 수 없지만, 이제 와 생각해 보면 남편뿐만 아니라 저 역시 사실 좀 귀찮아 하고 있었던 것은 아닌지 반성하게 되네요.

아들이 가장 갖고 싶어 한 것은 스마트폰이었어요. 그런데 저 사실 사주고 싶지 않았어요. 아들은 중학교 때 이미 학교에 스마트폰 없는 애는 나밖에 없다고 성화였지만, 걱정됐거든요. 어디서 읽었는데 과거 사람이 평생 얻는 분량의 정보를 지금은 스마트폰을 통해 일년이면 얻는다고 해요. 그런 기기를 아이가 갖고 있어도 될는지? 남편은 '내 용돈만 건들지 않으면 상관없어'라며 무책임한 소리밖에 안 하고. 결국 사주고 말았고, 그게 원인이 돼 버렸어요. 그 스마트폰 때문에 아들 인생이 꼬여버렸거든요. **알고리즘을 탄** 것이 계기가 돼서.

저는 당시 유튜브를 보지 않았어요. 그래서 뭣 때문에 소란을 부리는지 알지 못했지만, 아들이 아침에 일어나서는 뛸 듯이 기뻐하고 있는 거예요.

"알고리즘 탔다! 이거 봐 봐! 알고리즘 탔다고!"

자기가 찍은 동영상을 보여주는 거에요. 상반신은 벗은 채 돈키호테에서 산 듯한 장발 가발을 쓰고, '최강자는 나란 말이다!'라고 외치는. 아들이 제일 좋아하는 사사하라 가즈히코 선수, 프로레슬러요. 아시나요……? 맞아요! TV에도 자주 나오고요. 그 사사하라 선수의 캐치프레이즈거든요. 동영상에는 입장곡도 넣었고요. 말투라든지 포즈의 특징도 잘 잡았더라고요. 그때까지 저는 프로레슬링을 본 적도 없었지만. 아들이 공부도 안 하고 친구도 없는 건 프로레슬링에만 열중한 탓이라고 생각해 오히려 싫어했어요. 하지만 '이 사람이야!'라며 실제 사사하라 선수의 동영상도 보여주면서 '이걸 흉내 내서 올렸더니 알고리즘 탔어!'라더군요. 확실히 비슷하긴 했어요, 감탄할 정도로요. 사사하라 선수 본인도 좋아요를 눌렀다며 무척이나 기뻐했어요. 그리고 확신하듯 이런 말을 했어요.

"이제야 모두가 알아주네!"

이제야 세상 사람들이 자기 실력을 눈치챈 것 같다는 뜻으로 저에게는 들렸어요. 의외였어요. 이 아이, 사실은 이렇게 자신감이 있었나 하고요. 있는 듯 없는 듯 그저 조용히 살아가는 아이인 줄 알았는데, 실은 주목받고 싶은 거였나? 정말 의외였어요.

그렇지만 저는 지금도 잘 모르겠어요. 사람들에게 주목받는 것이 기쁘다는 것은 알겠어요. 그런데 **좋아요**를 많이 받았다고 해서, 본인이 특별히 인정받은 것도 그 무엇도 아니지 않나요? 아무 일도 일어나지 않잖아요? 뭐라고 할지, 온라인 세상은 **구경꾼**에 불과하다고 생각해요. 한순간 구경꾼이 몰려들어 찰나에 '좋아요'를 누르고는 사라질 뿐인데, 그렇게나 기뻐할 일인지, 그걸로 좋은 건지? 요즘 아이들은 감각이 마비된 것 아닐까요? 아, 이것은 제 감상이에요. 세대 차이일 수도 있고요. SNS라든지 없었던 시대에 자란, 우리 세대와의 차이요. 하지만 저는 그 아이의 부모니까요. 이상한 방향으로 엇나가지는 않기를 바랐으니까, 그때 말해 두는 편이 좋지 않았을까? 지금은 좀 후회해요.

"그거 그렇게 대단한 일은 아냐."

라고. 그렇지만 그토록 흥분한 상태에서는 소귀에 경 읽기 아니었을까요? 모르겠어요, 저는. 요즘 젊은 사람들이 어떤 가치관을 두고 인생을 살아가는지.

아들은 그때부터 미친 듯이 동영상 투고에 매달리기 시작했어요. 하지만 알고리즘을 탄 것은 단 한 번의 행운에 불과했어요. 그 후로 거의 재생 횟수는 올라가지 않고, 아들은 언제나 신경질적이었거든요. 어느 날은 스마트폰만 바라본 채 등을 돌리고 무언가 중얼거리고 있었어요. 슬쩍 뒤에서 훔쳐보니

"좋아요 눌러……대체 왜 몰라주는 거야……좋아요 누르라고……."

화면을 보면서 중얼거리고 있었어요. 온라인 세상뿐이었어요, 자신이 인정받을 수 있는 장소가. 그럼에도 거기서도 인정받지 못했어요. 사실은 어디에도 실

체가 없는 장소인데. 이래서는 스마트폰을 뺏지 않으면 정신이 이상해지는 지경 아닌지 걱정하면서도 뺏지 못했어요. 그랬다가 아이가 극단적인 선택이라도 하면 어쩌나, 사라지는 것은 아닌지 겁이 났으니까요. 곧 고등학교 입시를 앞둔 시기이면서 공부는 전혀 하지 않았고요, 물론.

그리고 어느 날은 학교 갈 시간이 됐는데 일어날 생각을 안 했어요. 방으로 가보니 이불을 덮은 채 넋 놓고 스마트폰만 보고 있었어요. 그 모습이 평소의 아들과는 뭔가 달랐어요. 뭐라고 해야 할지⋯⋯상당히 홀가분해 보였다고 할까요? 커튼 사이로 아침 햇살이 쏟아져 들어오고 있었는데, 햇빛 가득한 방 안에서 아들이 멀겋게 보였어요. 멀겋다기보다는 하얗게 표백됐다는 표현이 더 정확할지도 모르겠네요. 그리고 이렇게 말했어요.

"한 번은 알고리즘 탔으니까, 다행이야."

그대로 벌떡 일어나더니, 옷을 갈아입고 학교에 갔어요. 그리고 얼마 동안 아들이 정신 차렸구나, 안심했어요. 앞으로는 힘내서 공부하고 남들처럼 고등학교도 가고, 평범한 인생을 성실하게 살아가지 않을까 하고.

그런데, 우편물이 왔어요. 합격 통지가. 저 그때쯤 통신 강의로 스테인드글라스 만들기를 배우고 있었는데, 한 주 전에 보낸 마지막 시험 작품이 합격했다고요. 길었던 수업이 그걸로 끝난 셈이었죠.

"다행이네."

나도 모르게 혼잣말하는 순간 앗! 정신이 번쩍 들었어요. 어쩌면 아들이 앞서 남긴 말은, 이제 끝이라는 의미가 아니었을까 하고요. 한 번 알고리즘을 탔으니까. 가장 중요한 목표를 달성했으니까. 아들 내면에서 종결된 것 아닐까, 인생이. 생각이 거기에 미치니 머릿속에서 얼토당토않은 그림이 그려졌어요. 설마 그 아이가 그러진 않겠지, 하면서도 그때는 불안했어요. 그래서 평소와 같이 돌아왔을 때는 안심했고요. 하지만 가방을 내려놓은 아들이 스마트폰을 만지작거리면서 말하더군요.

"나, 고등학교 안 갈 거야."

중요한 얘기를 한다는 느낌도 없이, 천연덕스럽게. 저는 깜짝 놀라서 왜? 라고 물었죠. 그랬더니

"아무래도 상관없잖아, 이제는."

스마트폰에서 눈을 떼지 않고 대답했어요. 아, 내팽

개쳤구나. 소중한 무언가를, 인생에서 소중한 무언가를. 일단은 그 이상 자극하지 않는 편이 좋겠다고 생각했어요. 밤에 아들이 목욕탕에 들어가 있는 동안 벗어 둔 옷 위에 놓인 스마트폰을 쳐다봤어요. 목욕할 때까지 갖고 들어가지는 않았거든요. 저, 부숴 버릴까 충동도 들었어요……그러다 화면을 보고 깜짝 놀랐어요. 바탕 화면이 되어 있었거든요, 알고리즘을 탔을 때 화면의 스크린숏이. 지금도 잊히지 않아요. '좋아요' 수가 9494건이었어요. 불길한 느낌의 숫자 아닌가요?[03] 아들의 묘비 같기도 하고. 그렇다면 아들은 자신이 죽은 목숨인 줄도 모르고 사지를 헤매는 유령……그리고 목욕탕에서 아이의 목소리가 들려왔어요.

"최강자는……나란 말이다……최강자는……나라고……최강자는……."

반투명 문 너머로 등이 보였고, 거울을 향해 서서 몇

---

03 일본에서 4는 죽음을 뜻하는 한자 死, 9는 고통을 뜻하는 한자 苦와 발음이 같아 불길한 숫자로 여김

번이고 몇 번이고, 불경을 외듯이 되뇌고 있었어요. 저는 눈물을 참을 수가 없어서. 터져 나올 것 같은 울음을 억누르면서 조용히 나왔어요. 그때는 불쌍하다는 생각밖에 들지 않더라고요. 하지만 집에 돌아온 남편에게 그날 있었던 일을 얘기하니 언제나처럼

"가고 싶지 않다면 안 보내면 되잖아! 나도 여러모로 골치 아프다고!"

마치 남 얘기하듯이 말이에요. 그래도 어떻게든 아들을 설득해 보려고, '고등학교 가지 않으면 생활비는 스스로 벌게 할 건데 괜찮아?'라고 얼러보기도 했지만 아무 소용이 없었어요. 그대로 흘러가듯이, 결국 고등학교에 가지 않았죠. 물론 처음에는 불안했어요. 설마 내 아들이 중졸이라니. 그런 말도 안 되는 일이 일어나리라고는 생각지도 못했으니까요. 아, 고등학교에 안 가는 것이 꼭 나쁘다는 뜻은 아니에요. 그런 의미는 아니지만, 요즘 세상에 보통은 가잖아요. 그래서 처음에는 충격이었어요. 이제 얘는 평범한 삶을 살지 못하겠구나. 그리고 그런 평범하지 않은 삶이 아들과 나 자신을 기다리고 있구나 하고. 그런 의미에서 충격이 컸던 것 같아요, 당시에는.

그래도 사람은 매사에 금방 적응하나 봐요. 처음에는 절망적이고 비관적인 기분이었는데, 그런 기분도 하루하루 지나니 옅어지고 익숙해져서. 정신 차리고 보니 별것 아닌 일처럼 되어 있었다니까요?

하지만 알고리즘 탄다는 표현……용서하기 어려운 말이에요. 그런 일로 자신을 과대평가한다거나 멋대로 착각한다거나.

유튜브 따위 없던 시절에는 **아무것도 아닌 사람**의 말에는 누구도 귀 기울여 주지 않았을 거예요. 사실 그렇잖아요. 어쩌면 지금도 그런지 모르고요. 그래서 누구나 **무언가**가 되겠다고 열심히 노력하잖아요. 그런 노력이 쌓여 세상은 좋아진다고 생각해요. 지금은 '들어주었다', '찬동하는 사람이 있다'고 쉽게 착각해 버리기 때문에 사람들이 노력하지 않게 되었다고 생각해요. 하지만 **아무것도 아닌 사람**의 말은 조금의 영향력도 갖지 못해요, 사실은.

알고리즘을 탔다고, 그런 망령에 마음을 사로잡히다니……내 아들이 그렇게 되었다는 사실을 받아들이기 어려웠어요.

그래도 아들을 조금씩 이해하려 노력할 무렵, 남편

이 휴대폰을 놓고 회사에 갔어요. 테이블 위에서 진동이 울리더라고요. 메신저 알림창이 떴는데 '닷찡♡'이란 사람으로부터 온 메시지 한 줄이 보였어요. 뭐라고 쓰여 있었을 것 같아요?

'어제 호텔에 목걸이 두고 온 것 같아…….' 읽을 수 있는 것은 거기까지였지만, 충분하잖아요? 그때 남편이 스마트폰을 찾으러 되돌아왔어요. 바로 물어봤죠.

"이거 뭐야?"

그러니 굉장히 당황하면서 휴대폰을 낚아채더군요. 머리채를 잡아채려 했지만 도망가 버렸어요. 아들이 아르바이트를 간 덕에 흉한 꼴을 보지 않아 천만다행이었죠. 그로부터 삼일 동안 남편은 돌아오지 않았습니다. 잔업이 많다고 속이 뻔히 보이는 메시지만 남기고, 전화도 안 받고. 겁이 많아요, 기본적으로. 그러면서 자존심만은 강하고, 누군가의 마음을 사로잡는 일에는 능숙해요. 저도 거기에 속았어요. 사회생활 시작한 지 일 년 만에 속도위반 결혼이었으니까요. 남편에게 임신한 사실을 알렸을 때, 뭐라고 반응했을 것 같아요?

"아아, 내 청춘도 끝이구나."

어처구니없죠. 아, 미안해요. 이야기가 또 옆으로 샜네요.

그래서 진지하게 고민하기 시작했어요. 이제 내 인생을 어떻게든 개척해 나가야겠구나 하고요. 생각해 보니 남편이나 아들이나 멋대로 인생을 즐기면서 살고 있는 것 같아서. 뭐야, 나만 위안거리 하나 없이 그들 때문에 괴로워하고만 있잖아.

그날 낮에 아들 방에 들어가 봤어요. 들어오지 말라고 했지만, 나도 자유롭게 살겠다고 마음먹었으니까. 당장 내 멋대로 할 수 있는 일이 그 금기를 깨는 것이었어요.

아들 방에서 야한 책 한 권 정도는 나오려나? 그래도 자연스럽다면 자연스러운 일이려니 하는 마음이었는데 불순한 것은 어디에도 없고, 온통 프로레슬링 잡지뿐이었어요. 네가 그토록 열중하고 있는 프로레슬링은 어떤 거니? 가벼운 마음으로 한 권 집어 펄럭펄럭 넘겨봤어요. 설마 그 순간이 내 인생을 바꾸게 될 줄은, 그때는 전혀 몰랐죠.

잡지를 팔랑팔랑 넘기며 바보 같다고 생각했어요. 피 흘리는 **외국인**이라든지, 어엿한 어른이면서 마스크를 뒤집어쓴 사람이라든지, 철조망으로 돌진하는 사람이라든지. 신기한 사진이 잔뜩이었죠. 이런 걸 왜 좋아하는 거야!? 생각했죠. 그런데 마지막 페이지에 한 여자의 사진이 실려 있었어요. 여자 프로레슬러. 이국적인 얼굴이지만 어딘가 일본인 같기도 했고요. 기사를 읽어보니 이탈리아와 일본 **혼혈**이었어요. 줄리아나라는 이름의. 혹시 아시나요? 그 아이의 사진이, 어쨌든 멋져 보였어요. 무엇 하나 숨김없이 드러내고 있는 모습이요. 예를 들어 평범한 여자는 미간에 주름을 잡거나, 눈알이나 이빨을 한껏 드러내고 상대를 노려보거나, 콧구멍을 벌름거리거나. 그런 얼굴 부끄러워서 남들 앞에 내보이지 않잖아요? 그런데 그 아이 사진은 그런 표정들뿐이었어요. 그런 그녀의 사진을 보고 있자니 추억 속 인불이 떠올랐죠.

 제가 중학교 이 학년 때 네덜란드와 일본 혼혈인 클라우디아란 아이가 전학을 왔어요. 이름부터 멋지지 않나요? 아직 열세 살에 불과한데 키가 백칠십 센티미터나 되고. 밤색 긴 머리에 푸른 눈동자, 얼굴도 분위기도 이미 어른인 거예요. 우리 일본인들이랑은 완전히 달라요. 다르다 못해 좀처럼 다가가기 힘든 동경의 대상이었어요. 친하게 지내고 싶은 마음은 있지만 혼자 있어도 스스로 딱히 신경 쓰지 않는다는 강인함이 느껴졌다고 할까요? 그 점이 또 멋있었어요.

어느 날 체육 시간을 앞두고 남녀가 다른 교실에서 옷을 갈아입을 때였어요. 모두 아직 작은 가슴을 필사적으로 감추는데, 클라우디아는 조금도 감추려 하지 않았어요. 나, 같은 여자임에도 반할 것 같았죠. 어른들이 보는 외국 영화 같기도 하고. 아아, 역시 우리랑은 완전히 다르구나. 저뿐만 아니라 여학생 모두 곁눈질로 흘끔흘끔 그녀를 보고 있었어요.

그때 누군가 '꺅!' 소리를 질렀죠. 남자애가 문틈으로 교실 안을 훔쳐보고 있었어요. 문제아 소리를 듣는 상습범이었죠. '역시 외국인! 타고 난 몸매가 다르네!'라고 희롱하는 소리가 복도에서 울렸어요. 그걸 들은 클라우디아의 눈꼬리가 치켜 올라가면서, 순식간에 굉장한 표정으로 변했어요. 희번덕거리는 눈에 이빨을 드러내고. 변신한 모습에 놀랐죠. 그리고 가슴을 드러낸 채로 달려 나가는 거예요. 우리도 서둘러 옷을 입고 쫓아 나갔을 때 클라우디아는 이미 문제아를 깔고 앉아 있었어요. 그런데 남자애, 그 상황에서도 클라우디아의 드러난 젖가슴을 올려다보면서 헤실헤실 웃고 있었어요. 그리고 손을 뻗은 거예요, 클라우디아의 가슴에! 그랬더니 그녀가

"병신 새끼……Fuck!"

이라고 외치면서 박치기를 먹였어요. 남자애 얼굴 한가운데에. 위에서부터 내려치듯이.

……뿌득!

닭의 가느다란 뼈를 돌로 내리쳐 으깨는 듯한 소리가 났어요. 천천히 고개를 든 클라우디아의 이마에는 흥건한 핏덩이가 붙어 있었고……문제아는 얼굴 한가운데 케첩 한 통을 터뜨린 듯한 몰골로 정신을 잃은 채 꼼짝도 못 하고 있었어요. 나중에 안 사실이지만 코뼈와 눈 주변 골절로 전치 2개월, 그리고 뇌진탕이었죠. 클라우디아는 천천히 몸을 일으켰어요. 붉은 악귀 같은 얼굴을 하고요. 그리고 주변 여자아이들을 천천히 둘러보면서 뭐라고 말했는지 아세요?

"모두 무서웠지? 미안!"

중학교 이 학년이 말이에요!

"이 아이 대체……."

저 완전히 반해 버려서. 저뿐만 아니라 여자 모두가 그랬을 거예요. 며칠 후 세계사 수업 시간에 잔 다르크의 이름이 등장했을 때, 어느 여자애가 자신도 모르게 외쳤어요.

"멋져! 클라우디아 같아!"

본인은 태연했지만요. 그런 점이 또 멋졌어요. 하지만 아버지의 전근으로 긴 시간을 함께 보내지는 못했어요. 어느 날 홀연히 우리 앞에서 사라졌죠……마무리까지 멋지지 않나요? 그런 클라우디아에 관한 추억이 되살아났어요. 줄리아나의 사진을 보고. 얼굴도 어딘지 모르게 닮았고요.

그래서 정말 오랜만에 가슴이 두근거려서 몇 권이나 잡지를 들춰 봤어요. 줄리아나의 사진이 또 있지 않을까? 하고요. 전부 휴대폰 카메라로 찍어 두었어요. 그리고 인터넷으로 그녀에 관해 여러 가지를 찾아보았습니다만, 어렸을 때 심각한 괴롭힘을 당한 것 같았어요. 혼혈이라는 이유로요. 집이 가난하기도 했고요. 그런데 굉장하게도! 바닥에서부터 스스로 힘으로 올라서서 챔피언이 되고, 유명해지고. 동성의 눈에도 멋진 여성이 되다니 정말로, 정말로 굉장했어요. 하루

사이에 열렬한 팬, 아니, 그 수준을 넘어서 나 자신

이런 사람이 되고 싶다

고 생각했어요. 줄리아나처럼 되고 싶다고요. 무언가 되고 싶다고 마음먹은 것은 어린 시절 승무원이 되는 꿈을 꾼 이후 처음이었어요. 그리고 확 느낌이 왔죠. 정말 대단한 사람은 다른 사람에게 영향을 미치는 이런 사람이구나, **무언가** 이룬 사람이구나. '좋아요'가 많이 붙어 봐야 다른 이의 인생이 바뀔 만큼 감명을 주지는 않잖아요. 대단하다거나 굉장하다고 생각하지 않는다고요, 좋아요 따위.

반면 나는 누군가의 인생에 영향을 미치고 있을까? 그렇지 않다. 오히려 아들과 남편의 인생에 휘둘려 보잘것없는 일상을 보내고 있다. 그렇다면……변해야 한다! 마음먹었어요. 줄리아나처럼, 다른 이의 인생에 변화를 줄 수 있는 사람이 되어야겠다고 결의를 다졌죠. 하지만 그러기 위해 우선 무엇을 어떻게 해야 할지 모르겠더군요. 단순한 저는 우선 외양이라도 비슷하게 꾸며보자고 줄리아나를 흉내 내 화장부터 해

보았습니다.

 파란색과 자주색이 많아요, 줄리아나의 화장에는. 평범한 여자가 그런 색상의 화장품 갖고 있을 리 없잖아요. 단골 화장품 가게에 가서 파란색 아이섀도와 자주색 립스틱을 샀어요. 얼굴을 아는 점원으로부터 '어라? 웬일로 다른 색상을 사시네요.'란 말을 들었죠. 그 말을 들었을 때, 흠칫 놀랐어요. 나 지금까지 똑같은 일만 반복하면서 살아왔구나, 전혀 의식하지 않고 화장하고 있었구나, 내 인생은 이런 작은 부분까지도 타성에 젖어 있었구나, 하고요. 그러니 무엇 하나 달라질 리가 없잖아, 생각도 했고요.

 집에 돌아와 새로운 화장품으로 화장을 해 봤어요. 처음에는 부끄러워서 스스로 거울을 쳐다보지도 못했지만, 차차 익숙해지더군요. 보고 있으니 조금 멋져 보이기까지 했어요! 그때 저는 서른일곱 살이었지만 어쩌면 좀 더 젊어 보이는지도? 각도를 바꿔 가며 자신을 살펴봤어요. 그러고 보니 오랫동안 자신을 정면에서밖에 보고 있지 않았다는 사실 또한 깨달았어요.

 그때 무슨 소리가 들렸어요. 아들이나 남편이 돌아

온 줄 알고 당황했지만 아니었어요. 그러니 며칠 전 남편과의 일이 떠올라……뭐라고 해야 할지……말하기 조금 어렵지만 나의 '여자'로서의 삶은 벌써 끝난 것일까? 의문이 들어서. 방 안이 밝았는데, 옷을 전부 벗고 거울 앞에 서봤어요. 그랬더니……어째서인지 알 수 없는 기분이 들었어요.

봐줄 만한 외모인지, 아닌지도 모르겠고. 젊을 때는 거리를 걸으면 말을 거는 남자들이 꽤 있었으니까, 나쁘지 않은 외모였다고 생각해요. 하지만 뭐라고 할지, 어느 쪽도 아닌 애매한 성별이 돼 버린 것 같았어요. 인간은 쓰지 않는 부분은 퇴화하잖아요. 아들이 태어나고 나서 남편과 관계도 안 하게 되고, 그래서 퇴화하고 사라진 것 아닐까? 하지만 눈에 띄게, 나쁜 의미로 젊었을 때와는 달라진 부분이 있었어요. 뱃살이 쳐져 있었어요. 정면에서 보면 잘 몰라도 옆에서 보면 확연히 보였어요. 식스팩이 불거진 줄리아나의 배와는 너무나 달랐어요. 여자로서 희미해진 것은 뭐……저딴 남편에게 매력을 어필할 필요 따위 이제 없으니까 아무래도 상관없었지만, 어느 중대한 질문이 머릿속에 떠올랐죠.

그렇다면, 나는 이제부터 여자로서 어떤 **자긍심**을 갖고 살아갈 것인가?

그에 대한 답은 금방 구했어요. 줄리아나의 사진을 보는 동안에. 그래, 나는 그녀처럼 되고 싶어. 동성으로부터, 아니 동성이든 이성이든 성별 상관없이 멋지다는 소리를 듣는 여성이 되고 싶어! 이제부터 나는 **알파걸**을 목표로 하자고 마음먹었어요. 그렇다면 우선 이 뱃살부터 어떻게 하지 않으면. 이런 몸매는 줄리아나도 보기 싫어하겠지. 물론 그 시점에는 전부 혼자만의 망상이었지만요.

다음 날부터 하치오지역 근처 '골든 짐'에 다니기 시작했습니다. 대학 때까지는 테니스 동아리 활동도 했지만 그 후 딱히 운동을 한 적이 없어 솔직히 불안했어요. 조금이라도 몸을 감추고 싶어서 긴 바지에 긴팔 티셔츠를 챙겨 갔죠. 단련한 사람들 앞에 펑퍼짐한 몸을 보이기 창피한 마음도 있었고요. 등록 절차를 마치고 옷을 갈아입은 후, 여성 트레이너의 간단한 설명을 들었어요. 여기가 프리 웨이트 구역이고 여기가 머신 구역, 그다음은 마음껏 하고 싶은 대로 하세요, 궁

금한 점은 물어보세요. 그런 간단한 설명을요. 생각보다 체육관 규모가 크고 운동 기구도 다양해서 깜짝 놀랐지 뭐예요.

 자, 뭐부터 하면 좋을까? 잠시 아무것도 하지 않고 체육관을 바라봤어요. 의외로 여성이 많았고 저처럼 긴 팔 긴 바지를 입은 사람이 있는가 하면 탱크톱을 입고 미끈한 어깨와 팔을 드러낸 사람도 있었어요. 저렇게 되면 얼마나 좋을까 생각했어요. 그래서 역시 복근 운동부터 해야겠다고 마음먹었죠. 아마 이런 느낌이겠지 짐작하면서 조금 경사진 윗몸 일으키기 의자에 앉아 보았어요. 이십여 년 만의 운동이었어요. 윗몸 일으키기를 겨우 다섯 번 했을 때 복근에 쥐가 나더라고요! 그런 경험 있어요? 복근이 수축하면서 뒤틀리고 끊어질 듯한 느낌. 배를 움켜쥐고 비명을 지르니 한 남성 회원이 달려와서는 '이렇게 펴보라'고 알려 줬어요. 엎드린 자세로 몸을 젖혔더니 고통이 가라앉더라고요. 조급하게 굴지 말고 느긋한 마음가짐으로 하자는 반성이 들었어요. 그래서 그 후 정말 가벼운 무게로 머신을 달그락달그락 움직이고, 마지막에 자전거를 삼십 분 정도 타는 것으로 첫날 운동을 마쳤습니다.

 다음 날 일어나보니 엄청나게 아팠어요. 온몸이 근육통으로 욱신거렸어요. 몸속에 납덩이가 들어 있는 듯 걷기만 해도 숨이 차고. 아르바이트 비번으로 집에 있는 아들에게 '엄마 몸 상태가 안 좋아'라고 얘기하고는 종일 누워 있었어요. 차마 체육관에 다녀온 후유증이라고 아들에게 얘기할 수 없었어요. '나이 먹고 뭐 하는 거야?'라는 야유를 들을 것 같았거든요.

 사흘 후 겨우 회복해서 체육관에 갔어요. 그랬더니 요전에 도와준 남성 회원이 있더라고요. 탱크톱에 딱 붙은 바지를 입고. 가까이서 보니 굉장한 근육질이더라고요. '왔네요, 다시는 안 올지도 모른다고 생각했어요!' 기쁜 듯 말을 걸어왔어요. 사흘 전에는 경황이 없어 아무것도 눈에 들어오지 않았지만, 대학 시절 처음 사귄 남자 친구와 조금 닮았다고 생각했어요. 아, 우리집은 아버지께서 굉장히 엄격하셔서 처음으로 이성을 만난 것이 스무 살 때였어요. 저 상당히 내성적인 성격이기도 했고요……. 아, 또 이야기가 옆으로 샜네요, 미안해요! 그 사람 저와 비슷한 연배에, 그러고 보니 사흘 전에도 이 냄새였지 싶은 과일 베이스의 향수 냄새가 났어요. '실례되지 않는다면 같이 운동하지 않으실래요?'하고. 그 사람과는 지금도 사이좋게 지내요. 가메야마 씨라고 하고요. 하치오지역 근처에서 술집을 하는 사람이에요. 운동법 하나하나 자상하게 알려 줬어요. 아아, 오랜만에 즐겁네, 젊었을 때로 돌아간 것 같아 체육관에 다니길 잘했다는 생각이 들었어요. 그날은 너무나 즐거워서 아들에게만 살짝 얘기했어요, 체육관에 다니기 시작한 사실을. 아들은 '응……그런데 뭐?'라는 식의 무관심한 반응이었지만요. 어차피 심심풀이로 시작했을 테고 금방 관두겠지 정도로 생각했던 거겠죠.

그런데 체육관을 진지하게 다니기 시작한 지 열흘 정도 지난 날 아침에, 갑자기 찾아온 거예요. 이불 속에서 느꼈어요. 눈을 뜬 순간 몸 곳곳에 어제까지는 없던 새로운 무언가가 생겨난 느낌이 들었어요. 여기, 흔히 말하는 삼두근. 전문 용어로는 위팔세갈래근이라고도 하는데요, 만져보니 어제까지 없던 근육이 느꺼지더라고요. 불뚝! 근육 덩어리가 붙어 있었어요. 어라! 이렇게 갑자기 찾아온다고? 깜짝 놀랐어요. 그리고 너무나 감동해서. 아들과 남편이 나간 후, 홀딱 벗고 거울 앞에 서 봤어요. 전체적으로 체형이 바뀌어 있었어요! 허리가 잘록해지고 복근도 어렴풋이나마 모양이 드러나 있었어요. 팔에는 어깨와 팔뚝, 삼두근을 또렷하게 구분할 수 있는 그림자가 생겼고요. 그런 근육의 선을 '컷'이라고 부르거든요. 게다가 얼굴도 날렵해진 것 같아 거울에 바싹 붙어 이리저리 살펴보니 턱살이 처진 정도도 분명히 줄어들어 있었어요.

"변했어!"

나도 모르게 소리치고 말았어요. 그때부터 더더욱 체육관에 열심히 다니게 됐고요. 점점 변하는 자신을 지켜보는 것이 즐거웠거든요. 굉장하지 않나요! 그리고 스마트폰 바탕 화면을 가족 사진에서 줄리아나의 전신사진으로 바꿨어요. 체육관에서 단련할 때 동기 부여를 위해서요. 나는 지금 줄리아나처럼 알파걸이 되어가고 있다! 라고 상상하면서 트레이닝하는 거예요. 그러면 실제로 효과가 있거든요. 이른바 이미지 트레이닝의 일종이에요.

그러던 어느 날, 어디서 본 듯한 사람이 체육관에 있었어요. 무거운 바벨을 번쩍번쩍 들어 올리면서. 뒷모습만 봐도 보통 사람이 아님을 알 수 있었어요. 아우라가 대단하달까 '이 사람 정체가 뭘까?' 생각했어요. 언제나 체육관에 있는 근육질의 사람들조차 쉬이 접근하지 못하고 거리를 유지한 채 그 남자를 지켜보고 있었어요. 그 사람이 고개를 돌려 이쪽을 봤을 때 '앗!' 짧은 비명을 지르고 말았어요. 아들이 좋아하는 프로레슬러 사사하라 가즈히코 선수였어요. 왜 이런 곳에? 그러고 보니 아들이 '하치오지 출신이라 더 가깝게 느껴진다'고 말한 적이 있다는 사실을 떠올렸어요. 아, 본가에 들렀나보다 생각했죠.

그래서 사사하라 씨가 운동 사이 잠깐 쉬고 있을 때 지금이다! 하고 말을 걸었어요. '우리 아들이 굉장한 팬이에요.' 그랬더니 상냥하게도 '그런가요, 그건 그렇고 잘 단련한 몸이시네요.'라고 응해줘서. 완전히 날아갈 듯한 기분이었어요. 게다가 제가 운동하고 있으니 한 번씩 다가와서는 '이렇게 하면 운동 효과가 더 좋을 거예요'라고 원포인트 레슨을 해 주기도 하고요. 그리고 그 광경을, 역할을 뺏긴 가메야마 씨가 멀리서 시무룩한 표정으로 지켜보고 있었죠. 그건 분명히 질투였어요! 이 상황은 뭐지? 나 인기가 너무 많은 거 아냐? 아, 이건 농담이고요. 어쨌든 굉장히 자신감이 생겼던 것은 사실이에요. 그래서 조금 들뜬 상태로 사사하라 씨에게 부탁했죠. '우리 아들에게 기합을 넣어 주시지 않겠어요?'하고요. 그랬더니 즉각 승낙해 주더라고요. 엄청나게 감동했죠. 정말 좋은 사람이었어요, 사사하라 씨. 아들에게 메시지를 보내 체육관으로 불렀어요. 그리고 둘이 많은 얘기를 나눈 것 같더라고요. 집에 돌아온 아들이 얼마나 흥분했던지…… 아 이야기가 또 조금 빗나갔죠?

그다음 날부터 체육관에서는 스포츠 브라에 딱 붙는 바지를 입었어요. 사사하라 씨 덕에 자신감이 충만했거든요. 몸매도 꽤 변했고 노출이 늘면 근육도 더 빨리 붙지 않을까 하는 식으로 사고방식이 긍정적으로 바뀌어 있었어요. 오늘도 사사하라 씨 있지 않을까? 조금 기대했지만 없었어요. 하지만 가메야마 씨가 언제나처럼 있어서. 제 모습을 보고는 '와-오!' 호응을 했어요.

"덕분에 이런 옷도 입을 수 있게 됐네요."

하고 감사를 전하자

"아니요, 저는 보조에 불과하니까요. 그보다도⋯⋯ 프로레슬러 중에는 난폭한 사람이 많으니까 조심하는 편이 좋아요."

라면서 묘한 표정을 짓는 거예요. 화장실로 뛰어 가 폭소를 터뜨렸지 뭐예요!

이즈음, 제가 한층 더 자신감을 얻게 된 계기가 있었어요. 어느 날 운동을 마치고 번화가를 걷고 있을 때였어요. 화려한 붉은빛 드레스를 입은 여자와, 대머리에 선글라스를 쓴 남자가 빠른 걸음으로 같은 장소를 빙글빙글 돌고 있었어요. 무슨 일인가 싶어 잠시 지켜봤죠. 남자는 여자의 팔을 붙잡으려 했고, 그때마다 여자는 '그만둬!'라면서 피하고. 남자가 완력을 행사하려는 상황을 행인 모두가 못 본 척 지나쳐 가고 있었어요.

경찰을 부를까도 생각했지만, 줄리아나라면 어떻게 할지 상상하니 다리가 멋대로 움직였어요. 솔직히 무서웠어요. 그 남자 아무리 봐도 야쿠자 같았거든요.

무슨 수로 상대할지 답을 내리지 못한 상태로 남자의 어깨에 힘껏 부딪쳐 들어갔어요. 하지만 힘이 전혀 들어가지 않아서 상대에게는 인형과 부딪힌 정도의 충격밖에 주지 못했을 거예요. 영문을 모르겠다는 표정으로 저를 쳐다보더니

"너, 아는 사람이야?"

쫓기고 있던 여자의 지인인지 묻는 것 같아

"네, 친구예요!"

대답했죠. 남자의 질문도 황당했지만 내가 지금 무슨 뚱딴지같은 짓을 하고 있는 거지? 스스로 어리둥절하면서도 어깨를 떼지 않고 계속 밀어냈어요. 남자는 '그렇단 말이지.'하더니, 무언가 홀린 듯한 얼굴을 하고는 어딘가로 사라졌어요. 저, 무릎에 힘이 빠져서 그 자리에서 주저앉고 말았어요. 그랬더니 여자가 '감사합니다! 저, 자칫 잘못하면 저 새끼한테 죽을지도 모르는 상황이었는데, 덕분에 목숨을 구했어요!'라고 한껏 멋 부린 외모와는 달리 아저씨 같은 말투로 감사를 표하기에 좀 이상한 화법을 쓰는 사람이라고 생각했어요.

보답하고 싶다고 해서 카페에서 차를 마셨어요. 그

여자, 야마모토 다츠코라는 이름이었어요. 자기소개 후 뜬금없이 '이름에 용을 의미하는 한자가 들어가는 바람에 팔자가 기를 펴지 못해 인생에 한 방이 없다'는 둥 엉뚱한 소리를 늘어놓아서 재미있는 사람이라고 생각했죠. 가까이서 보니 복장뿐만 아니라 화장도 화려했어요. 멀리서 보면 분위기 있어 뵈는데 가까이서 보면, 이런 말 실례긴 하지만 음……? 특별한 인상 없이 흐릿한 얼굴이었고요. 대화를 나누다 보니 알게 되었는데, 성격도 그랬어요. 호탕한 듯하면서도 **속이 비어 있는** 느낌. 요상한 비유겠지만 종이 점토로 진짜와 똑같이 만든 돌을 모르고 들었을 때 어라?! 이런 느낌이 들잖아요. 그런 인상이었어요. 한편으로는 얼마 전까지 나 자신도 이렇듯 공허해 보였을까 생각도 들었고요. 다츠코 씨는 특별한 직업은 없고, 그날은 사례금을 받고 술자리에 참석하러 하치오지까지 왔다고 했어요. 그런데 약속한 조건과 너무 달라서 화를 내고 돌아가는 길에 쫓기고 있었다고요. 사례금을 받고 나가는 술자리가 있다니. 저로서는 생소했어요.

　대화가 활기를 띠면서 사례금을 받고 술자리에 다니는 이유도 알려 줬어요. 연예인을 만날 수 있다면

서요. 연예인을 만나고 싶은 이유를 물으니 '연줄 삼아 나도 연예인이 되고 싶어서'라더라고요. 그 밖에도 칼럼니스트도 되고 싶다, 유튜버도 되고 싶다, 성우도 되고 싶다, 아무튼 하고 싶은 일이 많은 사람이었어요. 그런데 정작 진짜로 원하는 것이 뭔지는 모르는 느낌이어서 조금 측은하기도 했고요.

다츠코 씨는 독신이지만 유부남과 불륜 중이라는 얘기까지 처음 만난 저에게 들려줬어요. 불륜 상대의 가정은 붕괴 직전, 아무짝에도 쓸모없는 한심한 남자지만 미디어 관계 일을 하고 있어서 그 연줄로 방송일이라도 소개받을 수 있을까 싶어 만나고 있다고요. 비밀스러운 얘기를 잔뜩 듣다 보니 왠지 모르게 미안한 마음도 들어 제 신상도 살짝 밝혔어요. 그랬더니 굉장히 부러워하더군요. 가정이 있어서 좋겠다고. 아, 다츠코 씨는 가정주부도 되고 싶다고 했거든요.

그렇지만 저는 그런 다츠코 씨에게 부러운 점이 있었어요. 아들은 물론 소중하게 생각하죠. 그런데 걱정 또한 한도 끝도 없이 들고요. 남편 따위야 아무래도 상관없다고 생각하지만. 그래서 다츠코 씨의 자유로움이 부럽다고 말했어요. 그랬더니 조금 기뻐하는 듯 보였어요. 사람이란 이렇게 자기가 갖지 못한 것을 부러워하는구나 하고 같이 웃었죠.

아, 그때 다츠코 씨가 틈틈이 누군가에게 메시지를 보냈어요. 그러면서 뭘 하는 중인지 일일이 설명했는데 친구한테 '네 트위터에 댓글을 달았으니 꼭 리트윗하라'고 보냈다더군요. '시끌벅적하게 알티 타고 싶다'고. 젊게 산다고 생각했어요, 스물 아홉인데. 그렇게 화제의 인물이 되면 강연회도 하고 싶다더군요!

헤어질 때 다츠코 씨가 '고토에 씨 멋져요'라고 말해줬어요. '도와줘서 하는 말이 아니라 그냥 존재 자체가 멋지다'라고요. 그로써 저는 완전히 자신감이 붙었고요. 그래서 다츠코 씨에게 고맙게 생각하고 있어요. 지금도 사이좋게 지내면서 자주 만나고 있고요.

그날 밤. 탱크톱을 입고 어깨를 드러낸 채 아들과 남편의 귀가를 기다렸어요. 먼저 들어온 아들은 '여자 프로레슬러라도 될 수 있을 것 같다'며, 놀라워했죠. 아들에게 보여주고 싶었어요. 노력하면 변할 수 있다는 사실을요. 마흔을 앞둔 저도 이렇게 변했으니, 젊은 네가 못할 이유가 없다고요. 그 마음이 전해졌는지는 알 수 없지만요. 그다음 돌아온 남편은 '오오, 좋은

데!'라며 냉큼 팔을 만지려 들었어요. 그래서 '멋대로 만지지 마!'하며 떨쳐냈어요. 그때까지의 앙갚음을 하듯이. 한 번쯤 그렇게 어깃장을 놓고 싶었는지도 몰라요. 저, 성격이 못된 걸까요? 아하하!

저는 생각해요. 가족이라고 해도 인생은 각자 사는 것이라고요. 각자 자기 인생에 대한 책임을 지고 살아가야 한다고, 생과 생이 결합하는 일 따위 절대로 없다고요. 아니, 결합할 수 없다는 표현이 더 적절할까요? 물론 서로 도울 수는 있겠죠. 하지만 제가 아들의 인생을 대신 살아 줄 수는 없잖아요?

그러니까 자기 인생은 자기가 싸워 나가야 해요. 그런 자신의 모습이 누군가에게 긍정적인 영향을 미칠 수 있을 때까지. 그렇다면 저 역시 아직은 자기만족에 불과할 뿐 부족하다고 생각해요. 이 년 전이네요. 여성이 안심하고 마음껏 운동할 수 있는 환경을, 과거의 나와 같은 이들에게 제공해서 자신감을 심어 주고 싶다고 생각한 것이요. 그래서 필사적으로 공부했어요. 경영, 트레이닝, 코칭, 나아가 접객에 필요한 심리학에 이르기까지. 크라우드 펀딩도 거쳐 꼭 이 년이 걸렸죠, 이 여성 전용 체육관을 열기까지. 아직 시작한 지 얼마 안 돼 이제 겨우 궤도에 오른 느낌이지만, 이 체육관에서 조금이라도 자신감을 얻어 인생을 힘차게 살아가는 여성이 나와 준다면 저 정말 기쁠 것 같아요……아, 슬슬 마무리할까요? 그럼 마지막으로 한마디.

당신도 이 체육관에서 인생을 바꿔보지 않을래요?

하고 보니 좀 쑥스럽네요. 뭐 이 정도 얘기입니다. 괜찮을까요? 인터뷰는 처음이라 실수한 것은 없는지. 아무쪼록 잘 부탁드려요. 정말 감사합니다. 그런데 저, 이 기사는 언제쯤 실릴 예정인가요?

구월 사 일 금요일 십삼 호, 감사합니다. 서도 자주 가는 슈퍼에서 매번 챙겨 보고 있어요. 네, '하치오지의 여성 기업가 코너' 말이에요. 언제나 가장 흥미롭게 읽고 있는 기사입니다. 인터뷰 요청을 받았을 때는 정말 놀랐어요. 네? 운동복 차림 사진을요? 그럼 갈아입고 올 테니 조금만 기다려 주시겠어요? 잠시만요.

아, 별다른 일은 아니에요. 탈의실 거울에 금이 가

있네요. 아침에는 멀쩡했는데⋯⋯잠시만요, 운동화만 갈아 신으면 돼요. 어? 줄이 끊어졌어⋯⋯죄송해요, 다른 운동화를 가져올게요! 왜 이러지 정말. 불길한 징조가 아니었으면 좋겠네요.

4장

조금도 만족스럽지 않아요

 다이치가 예상하지 못한 광경이었다. 여자 프로레슬링은 아내 고토에 같은 여자들이나 보는 것이라고 멋대로 착각하고 있었다.

 신키바 퍼스트 링. 프로레슬링, 격투기, 연극 등 이벤트에 사용되는 수용 인원 300명 남짓한 라이브 극장이다. 창고와 공장이 늘어선, 변두리 느낌이 물씬 풍기는 지역에 있다. 여자 프로레슬링 대회가 열리는 이날 극장에 도착한 다이치의 눈앞에 보이는 것은 배낭을 짊어진 남자, 카메라를 목에 건 남자, 인기 선수를 응원하는 티셔츠를 입은 남자 등등. 아무튼 남자들만 모여 있었다.

고토에, 남자를 만날 목적으로……?

3년 전, 아내 고토에는 돌연 체육관에 다니기 시작했다. 눈에 띄게 매력적으로 변하는 체형을 보면서 틀림없이 바람을 피고 있다고 다이치는 의심했다.

'아아 이 잘록한 허리……사랑해, 고토에 씨!' 상상 속 내연남은 자기보다 미남이었다. 그러는 다이치 자신은 실은 고토에와 결혼 후 몇 명의 상대와 바람을 피웠다. 그러나 아내에게 뒤통수를 맞았다고 인정하고 싶지는 않아 '고토에 주제에 건방지게!' 적반하장이었다.

증거를 찾고 말겠어. 아내가 집에 없는 틈을 타 몇 년 만에 고토에 혼자 쓰는 방에 발을 들였을 때, 가장 먼저 눈에 들어온 것은 벽에 붙어 있는 포스터의 여성이었다. 구릿빛 피부에 **혼혈** 느낌 얼굴. 균형 잡힌 단련한 몸. SF영화의 여주인공 같은 반짝반짝 원색의 수영복. JURIANNA라는 영문 문구는 그녀의 이름일 것이다. 외국인 배우일까? 스마트폰으로 검색해 보니 여자 프로레슬러의 사진과 일치했다.

'여자 프로레슬링? 고토에, 아줌마 주제에 이런 거에 열중하고 있었어? 설마 그래서 체육관에 다닌 거야?'

일단 불륜의 증거를 찾아봤지만 그런 건 일절 나오지 않았다. 다이치가 처음 보는 물건은 프로레슬링 잡지와 줄리아나의 사진 스크랩북뿐이었다. 그리고 그 후, 고토에는 체형 외에도 여러 가지 면에서 달라졌다. 자신감이 넘치고, 매일매일 즐거워 보였다. 눈꼴사나워서 '내가 번 돈으로 유유자적 취미 생활이나 하고!' 짜증을 냈더니, 피트니스 사업을 벌여 순식간에 궤도에 올렸다. 평소 언행, 그리고 빈번히 들여다보게 된 그녀의 방 내부 모습으로부터 유추할 수 있는 고토에 변화의 원동력은 프로레슬링 외에 없었다. 뭐야, 까불지 마. 나보다 더 벌다니 있을 수 없는 일이야. 어차피 여자가 취미 삼아 시작한 일에 초심자의 행운이 따른 것뿐이잖아. 대체 뭔데? 너를 바꾼 여자 프로레슬링이란 건. 내 눈으로 확인해 봐야겠어.

그렇게 마음은 먹었지만 남자 혼자 여자 프로레슬링을 보러 가기에는 거부감이 들었고, 모처럼 휴일에는 내연녀를 만나느라 바쁘기도 했고, 질질 시간을 끌다 겨우 대회를 보러 나선 것이었다.

　부지 내에 길쭉한 테이블이 늘어서 있다. 매표소 같았다. 다가서니 여성 스태프와 눈이 마주쳤다. 젊지도 늙지도 않은, 미녀도 추녀도 아닌 여성이었다. 그래도 남자만 득실거리는 공간 안에서는 제법 존재감을 발휘했다. 고토에도 그 점을 노리고……스태프가 말을 걸어왔다.

　"어느 선수인가요?"

　무슨 영문인지 모르겠다.

　"어어……추천하는 자리는 어디쯤?"

　계단식 좌석 마지막 열의 가장자리를 추천받았다. 하기야 조용히 보기에는 가장 좋은 자리일지도 모르겠다. 변두리 극장치고는 비싸다고 생각했지만 5,500엔을 내고 티켓을 받아 들었다. 대회가 시작되는 정오 직전에 입장하려고, 도로 맞은편 자동판매기에서 캔커피를 뽑아 그 자리에 선 채 담배를 물었다.

　연기를 내뿜는다. 신키바 퍼스트 링의 전경이 눈에 들어온다. 삼각형 지붕. 이 건물은 원래 창고였을까? 남자들이 차례차례 빨려 들어가듯 입장하고 있다. 자세히 보면 대머리 남자, 뚱뚱한 남자, 못생긴 남자, 냄새날 것 같은 남자……호감형 남자는 누구 하나 찾아보기 힘들었다. 다이치의 눈에는 그렇게 비쳤다.

지하 세계.

그렇다, 이곳은 지하 세계가 아닌가? 이런 장소에 누군가의 인생을 바꿀 정도의 힘이 정말로 숨어 있을까? 어쩌면 고토에는 프로레슬링 말고 열중하는 대상이 따로 있어서, 그쪽 영향을 강하게 받은 것 아닐까? 의심이 들었다. 누군가의 인생을 바꿔 버릴 정도의 힘을 가진 무언가……그런 것이 이 세상에 존재한다는 사고방식 자체가 다이치에게는 와닿지 않았다. 애당초 고토에가 바뀐 이유에 대해 자신이 왜 이렇게 집착하는지…… "쳇!" 머릿속에 떠오르는 의문을 내팽개친 담배와 함께 짓밟았다.

계단석 마지막 열 가장자리. 좌석 번호를 확인하고 자리에 앉았다. 오른편은 검은색 벽이었다. 객석은 절반 조금 넘게 차 있었고, 다이치의 옆자리는 비어 있었다. 커다란 카메라가 다수 보였고 대부분 관객들이 스마트폰에 시선을 고정하고 있었다. 야구나 축구처럼 일행이 함께 보러 온 관중은 거의 없는 것 같았다. 작은 볼륨의 음악 소리 외에는 대화 소리 하나 들리지 않는 고요한 장내. 모두가 각자 작은 보호막을 치고 그곳에 침투하려는 외부 세상을 거부하고 있는 듯한 인상을 받았다. 회장 내에 흐르는 팝 음악이 대회 시작을 알리려는 듯 볼륨을 높이기 시작했다.

그때 대회장에 안경을 쓴 뚱뚱한 남자가 들어왔다. 달려왔는지 숨을 헐떡이는 것이 멀리서도 보였다. 거친 호흡을 뱉으면서 계단석 맨 뒷줄까지 올라왔다. 먼저 앉아 있는 관객들의 다리에 부딪히면서 다이치 쪽으로 다가온다.

제발 오지 마! 마음속으로 빌었지만 남자는 오고야 말았다. 손에 쥔 티켓과 다이치 옆자리 좌석 번호를 과장된 몸짓으로 확인하더니 "응!" 고개를 끄덕이면서 "마모루짱이 잡아 준 자리, 발겨어어어언!" 가는 눈을 더 가늘게 뜨고 혼잣말을 외치면서 다이치 옆에 몸을 던졌다. 체온과 습기를 뭉친 듯한, 땀으로 범벅된 비대한 몸이 사정없이 밀착된다.

"하아……하아……하아……."

거친 숨을 감추려는 기색도 전혀 없다. 맹렬한 입냄새가 풍긴다. 다이치는 반사적으로 호흡을 멈추고 찌푸린 얼굴을 벽 쪽으로 돌렸다. 남자는 다이치에게 팔꿈치를 부딪쳐 가며 가방을 내려놓더니, 커다란 카메라를 꺼내 촬영 준비를 한다.

"하아……하아……아슬아슬하게 도착한 걸 마모루 짱이 알면 또 혼날 거야!"

주위 아무도 반응하지 않는다. 완벽한 혼잣말. 다이치는 노골적으로 남자를 노려보며 극한까지 벽에 몸을 기대고 양손으로 코와 입을 막았지만, 그런 모습에 신경 쓰는 기색도 전혀 없었다. 그때 소란스럽던 팝음악이 딱, 멈췄다. 정장 차림의 여성 아나운서가 마이크를 손에 들고 링 중앙에 섰다.

"오늘 비기닝 위민스 프로레슬링, 신키바 대회에 오신 여러분을 진심으로 환영합니다!"

그 한마디에 고요하던 장내가 순식간에 들끓었다. 큰소리로 뭐라고 외치는 사람, 극도로 흥분해서 손뼉 치는 사람. 보호망 안에서 완강하게 외부의 침투를 거부하던 이들이 스스로 망 밖으로 나서는 유일한 공간이 고작 여자 프로레슬링 대회장이라고? 어쩌면 저들은 여자 프로레슬링이 없었다면 평생 보호망 안에서 안주하면서 살아갈 이들은 아닐지……하지만 바꿔 생각하면 바깥에서는 웅크리고 살아가는 주제에, 가정 안에서만 으스대는 남자가 대부분이었다. 세상사가 그런 것인지……물론 다이치 자신은 다르다고 생각하지만.

링 아나운서가 첫 번째 시합부터 순서대로 대전 카드를 소개했다. 모두 여섯 시합. 메인 이벤트에 해당하는 태그 매치 마지막 선수로 '마모루'라는 이름이 불리자 한층 우렁한 함성이 장내에 울려 퍼졌고, 옆자리 남자는 양발로 바닥을 구르면서 '예-이!'하고 외쳤다.

다이치는 묘하게 '마모루'라는 이름이 걸렸다. 마모루? 남자 이름 아닌가? 스마트폰에 히라가나로 '여자 프로레슬러 마모루'라고 검색하니 '여자 프로레슬러 마모루眞萌瑠가 아닌가요?'라고 한자 이름이 검색 후보로 표시됐다. 맨 위에 뜬 위키피디아 링크를 눌렀다. 사진이 열렸다.

"……오!?"

살랑살랑 검은 단발머리. 흰 피부. 복숭앗빛의 얇은 입술. 날렵한 턱. 본명 비공개. 나가노현 출신, 비기닝 위민스 프로레슬링 소속. 20세, 168cm, 65kg. 젊고, 키도 크다. 완벽하게 다이치의 이상형이었다. '마모루 이미지'로 검색하자, 시합 중 찍힌 전신사진이 무수히 나왔다. 자주색과 흰색의 경기복, 긴 팔다리. 레슬링 기술을 시전하고 있는 사진이 많았지만, 그중에서도 가장 다이치의 눈길을 끈 것은 검은 머리카락이 뺨에 들러붙은 옆얼굴이 찍힌 사진이었다. 어디를 보고 있는 것인지. 좀처럼 손에 넣기 힘든 행복을 갈구하는 듯 우수에 젖은 눈빛…….

"그거, 올해 이월 이십사일 고라쿠엔이에요!"

악취가 엄습했다. 옆자리 남자가 다이치의 스마트폰을 들여다보며, 얼굴을 비싹 붙이고는 원치 않는 해설을 시작했다. 반사적으로, 다시 한번 코와 입을 양손으로 막으려 한 다이치의 얼굴을 손에 들고 있던 스마트폰이 강타했다.

"고귀한 마모루 짱이 동경하는 미키 요시미 선배에게 싱글 매치에서 첫 승리를 거둔 순간의 사진! 그거 찍은 거 실은 나! 크크크!"

다이치가 '말 걸지 마!'라고 외치려 했지만, 역시 반사적으로 호흡을 멈추고 있었기 때문에 숨이 막힐 뿐이었다. 남자는 의기양양하게 이야기를 이어갔다.

"댁은 처음 보는 얼굴인데 마모루짱의 신규 팬? 결전까지 앞으로 두 달 남았으니까 전력으로 응원하라고! 크크크!"

머저리 같으니! 무시하고 시선을 링으로 향했다. 첫 번째 시합의 선수들이 링으로 입장하고 있었다. 4명의 선수가 2명씩 팀을 이뤄 싸우는 태그 매치. 선수 모두 형형색색의 경기복에 갈색 또는 금발 머리, 귀여운 얼굴을 하고 있어 운동선수보다는 아이돌에 가까워 보였다.

시합이 시작됐다. 찹! 팔을 휘둘러 상대의 가슴을 때리는 소리. 쿵! 매트 위로 내리꽂히는 소리. 처음 보는 프로레슬링, 육체가 연주하는 소리는 의외로 웅장했다. 아이돌 같은 외모지만 모두가 상당한 단련을 거친 것이 분명했다. 그런가, 고토에는 이렇듯 강인한 여성을 동경하고 있었던 걸까……그다음에도 뜨거운 시합이 이어졌지만 다이치는 마모루를 빨리 보고 싶다는 일념에 사로잡혀 그 밖의 시합이나 고토에의 일은 아무래도 상관없다는 기분이었다. 그리고 메인 이벤트. 2대2 태그 매치. 장내가 어두워지더니 선수 통로에 핀 조명이 쏘아지고, 1명씩 각자의 입장곡에 맞춰 순서대로 입장했다.

 3명이 입장을 마치고, 마지막으로 마모루의 입장곡이 흐른다. 인트로. 다이치 머릿속에 비 개인 공원에 서 있는 소녀의 모습이 그려진다. 그리고 돌연 업 템포. 구름 사이로 한 줄기 서광이 비치고, 소녀의 옆얼굴이 일곱 빛깔로 물든다. 마모루가 등장했다. 지금까지 등장한 선수들과는 다른 차원의 광채를 내뿜는 것은, 실제로 압도적으로 많은 카메라 플래시가 터지고 있기 때문이기도 했다. 반짝이는 짧은 가운에 난반사하는 은하수와 같은 빛, 빛, 빛. 흰 피부가 희미하게 젖어 있다. 몸을 가볍게 굽히고 한쪽 무릎에 양손을 얹는다. 객석의 끝에서 끝까지 공허한 눈으로 바라본다. 머리카락이 뺨에 들러붙은 옆얼굴……그 순간 다이치의 가슴에 먼 과거 어딘가에 놓고 온 듯한, 어떤 감각이 되살아난다. 청춘 시절 늘 가까이에 존재하던 그 감각의 정체를 다이치는 불현듯 깨닫는다. 사랑. 다이치는 마모루를 연모했다. 그러나 다이치의 청춘 시대는 진작에 끝나 있다. 끝나 버린 청춘 시대의 앞에, 사랑보다 중요한 **어느 세계**가 이미 존재하고 있다. 어느 세계가…….

마모루가 절규하며 상대 몸통에 태클을 가한 후, 그대로 상대 양발을 끌어안고 브리지 자세를 취하자 심판이 카운트를 3번 쳤다. 승리를 거둔 마모루지만 표정은 조금도 들떠 보이지 않았다. 심판이 손을 번쩍 들어 보인 후에도, 긴장을 놓지 않은 얼굴로 마이크를 잡았다.

"헉……헉……헉……여러분, 오늘 와 주셔서 감사합니다."

박수 소리가 일제히 일어났지만 마모루의 표정에는 변함이 없다.

"오늘 이겼지만 보셨다시피 아슬아슬한 승리였어요. 줄리아나의 결전까지 앞으로 두 달. 저는 지금 스스로가 한심해서 견딜 수가 없습니다!"

이번에는 아무도 손뼉 치지 않았다. 손뼉 치면 장내의 시선을 한 몸에 받을 듯한 분위기. 고토에의 동경의 대상인 줄리아나와 결전을 앞두고 있다는 얘기에 다이치는 제멋대로 운명 같은 것을 느꼈다.

"이대로는 틀렸어요! 오늘도 우리가 부족한 탓에 만원 관중에 실패했어요! 여러모로 비기닝 위민스는 레이디 스타즈에 뒤지고 있다는 뜻이에요……솔직히 너무 분해요!"

무의식 중에 집어 던진 듯한 마이크가 매트에 부딪히는 소리가 울렸다. 마모루는 앗! 하고 서둘러 마이크를 집어 들었다. 정면을 바라보며 자세를 바로잡고 "오늘 정말 감사했습니다." 딱딱한 웃음을 지으며 인사를 남기고 사방을 향해 깊숙이 고개를 숙였다. 테마곡이 흘러나오고 선수 통로를 통해 퇴장했다. 긴장된 공기로부터 해방된 관객들이 일제히 몸을 일으켰다.

다이치 옆자리 남자도 "아야야야……." 허리에 손을 짚으며 일어선다. 그 순간 다이치는 이벤트가 아직 끝나지 않았다는 분위기가 장내에 팽배하다는 사실을 깨달았다. 둘러보니 대부분의 관객이 대회장 한쪽 끝에 위치한 굿즈 테이블 앞에 긴 줄을 이루고 서 있었다. 관계자 전용문으로부터 몇몇 선수들이 등장해 굿즈 테이블에서 판매를 시작했다. 굿즈를 구입하는 관객들과 대화를 나누거나 악수하고, 사인하고, 기념 촬영도 했다. 예전에 다이치가 우연히 TV에서 본 지하 아이돌에 관한 다큐멘터리를 떠올리게 하는 광경이었다. 마모루도 등장하는 걸까? 그녀와 대화할 수 있을지도……그때 온몸이 땀으로 빛나는 마모루가 모습을 드러냈다. 아직도 호흡을 고르는 중인지 양손으로 가슴을 누르고 심호흡을 하면서 테이블에 다가선다.

 옆자리 남자가 "우와! 오늘 아슬아슬하게 도착한 데다 마모루짱 기분도 안 좋아 보여. 혼나면 어쩌지? 무서워!" 또다시 혼잣말을 늘어놓기 시작했다. 이 녀석 정말 머리가 어떻게 된 것 아냐? 그녀가 너 따위를 기억할 리가……그때 퍼뜩 생각났다. 이 녀석 '마모루짱이 잡아 준 자리'라고 하지 않았던가? 게다가 티켓을 살 때 여성 스태프는 '어느 선수인가요?'라고 물었다. 그렇구나, 그건 선수에게 티켓 예매를 부탁했나요? 란 의미였다. 이 녀석은 틀림없이 마모루에게 티켓을 구입한 것이다. 여자 프로레슬링은 그런 것도 가능한 세계구나, 지하 아이돌과 마찬가지로. 그렇다면 접근할 기회가 얼마든지…….

 "좋아, 각오를 다지고 마모루짱에게 가볼까!"

 옆자리 남자가 한 계단 한 계단 천천히 계단식 좌석

을 걸어 내려가 행렬로 향한다. 흘러내릴 듯한 바지 위로 추한 엉덩이가 반쯤 드러나 있다. 다이치도 마모루에게 접근하고 싶었지만, 행렬에 가담하기에는 거부감이 들었다. 지하 아이돌에 관한 다큐멘터리를 볼 때도 홀린 듯이 줄을 서는 흐리멍덩해 보이는 남자들을 보며 '바보들 야냐!'하고 웃어넘겼다. 그래도 이대로 얌전히 돌아갈 수는 없다. 그것은 마치, 방과 후 짝사랑하는 여자아이가 남아 있는 교실을 좀처럼 나설 수 없었던 학창 시절의 감각이었다. 어쩌면 좋을까?

다이치는 줄을 서지 않고 조금 떨어진 곳에서 마모루를 지켜보았다. 그러자 점점 사람이 줄어들고 슬슬 파장 분위기가 감돌기 시작했다. 줄의 끝에 서 있던 사람이 "마모루짱, 힘내!"하고 기묘한 포즈를 취하고는 퇴장했다. 그때 마모루가 갑자기 다이치를 바라본다. 눈이 마주친다.

"안녕하세요!"

말을 걸어온다. 앞서 링 위에 있을 때와는 다른 사람 같이 웃고 있다.

"아……하, 하세요!"

마음의 준비가 되어 있지 않았다. 그렇다고는 해도,

아무리 이상형이라고는 해도, 겨우 스무 살 여자애 상대로 쩔쩔매고 있는 자기 자신에게 놀랐다.

"포토 카드 어떠세요?"

미소 띤 얼굴. 다이치는 혹시라도 자신에게 주목하는 사람은 없는지 확인한 후, 마모루가 있는 테이블로 향했다. 희미하게 향수 냄새가 났다. 푸르고 투명한 유리병이 머릿속에 그려졌다.

"우와……가까이서 보니 더 귀엽네."

다이치의 본심이 자기도 모르게 입 밖으로 튀어나왔다. 겨우 정신을 차린 기분이었다. "감사합니다!" 하고 맞이하는 마모루는 진심으로 기뻐하는 듯 보였다. 테이블에 포토 카드가 펼쳐져 있었다. 머리카락이 뺨에 붙은 옆얼굴이 찍힌 사진이 있었다.

"이걸로 줄래?"

이 나이에 뭐하는 짓인지……하지만 한편으로는 안심했다. 이런 자학적인 생각이 가능한 것도 평정심을 되찾았다는 증거다! 다이치의 입꼬리가 미묘하게 치켜 올라갔다.

"네! 사인해 드릴게요! 성함을 여쭤봐도 될까요?"

"나, 다이치라고 해!"

조금은 익살맞게 대답했다. 완전히 평정심을 되찾았다고 확신했다.

"네, 다이치 님!"

테이블 위로 사인하는 마모루. 기역 모양으로 굽힌 몸. 앙가슴이 엿보인다. 사인 아래 '다이치 님에게'라고 쓰더니 "다음에도 잘 부탁해요!" 오른손을 내민다.

다이치의 머리에 '영업'이란 두 글자가 떠올랐지만, 마모루가 내민 손을 소중한 것을 감싸 쥐듯 맞잡았다. 앞으로, 앞으로……무슨 말을 할지 머리를 굴리면서. 땀으로 촉촉한 마모루의 손. 부드럽지만 악력이 느껴진다. 쉽게 굴복하지 않는 자아를 가진 손 같았다. 다이치는 그 손을 놓지 않은 채 물었다.

"있잖아, 티켓을 부탁하는 것도 가능해?"

"네, 당연하죠! 앞으로 저에게 디엠 주세요!"

역시 직접 연락을 취할 수 있는 것이다.

"앞으로 쭉 마모루에게 부탁할 테니까, 오래오래 잘 부탁해."

"감사합니다!"

아쉬움을 숨기지 못하고 다이치는 천천히 손을 뗐

다. 그리고 마지막으로 물었다.

"일단 확인……내 이름은?"

"다이치 님이요!"

뭐야, 별것 아니잖아! 다이치는 **어느 세계**로의 망상에 속도를 더했다.

귀갓길 전차 안에서 다이치는 바로 마모루의 SNS를 검색했다. 트위터 계정을 팔로우했다. 가끔 세간에 관한 불평불만을 일방적으로 쏟아내는 정도로밖에 사용하지 않아 사용법에 익숙하지는 않았지만, 마모루에게 DM을 보낼 수 있는지 여부를 확인해 두었다. 이로써 마모루와 연결됐다! 지금까지 마모루의 투고를 살펴보고 마음에 드는 사진은 전부 기기에 보존해 두었다. 스마트폰에 코를 박고 있다 보니 어느새 집 근처 하치오지역에 도착했다.

저녁 무렵 귀가해서는 곧장 고토에의 방에 들어갔다. 눈에 불을 켜고 프로레슬링 잡지에서 마모루의 사진을 찾았다. 오늘도 고토에는 밤 10시는 넘어야 체육관에서 집으로 돌아올 것이다. 잡지를 넘겨보는 동안 줄리아나의 소속 단체 레이디 스타즈에 비해 마모루가 소속된 비기닝 위민스에 할애된 페이지 분량이 극단적으로 적다는 사실을 알 수 있었다. 2달 후 막강한 적과 마주한다는 마모루의 말이 어떤 의미인지 알 수 있었다. 그렇게 지식이 하나둘 늘어가는 동안 다이치 내면에서 마모루와 **어느 세계**의 존재감이 점점 부풀어 오른다. 애초 프로레슬링을 보러 간 이유였던, 고토에가 여자 프로레슬링의 어떤 점에 영향을 받았느냐란 의문은 이미 머릿속에서 사라진 지 오래였다.

거실에 앉아 스마트폰에 담긴 마모루의 사진을 바라보면서 술잔을 기울였다. 창밖이 어둑어둑해지자 아들 쇼고가 어딘가로부터 돌아왔다. 아들은 중학교 졸업 후 고등학교에 진학하지 않았고, 그 후 왠지 모르게 대화도 단절됐다. 어김없이 아무 말도 주고받지 않고 2층 자기 방으로 올라갔다. 10시가 넘어 고토에도 귀가했다.

"술 마셔?"

고토에가 여성 전용 체육관을 열고부터 매주 일요일은 가족 각자 자유롭게 보내는 것이 암묵적인 룰이었다. 그래서 쇼고는 저녁을 근처 식당 등에서 적당히 먹고 들어오는 것 같았고 다이치는 편의점 도시락으로 대충 끼니를 때우고 일찍 잠이 들기 일쑤였다.

'당신, 마모루라고 알아?'

'여자 프로레슬링? 그 귀여운 아이가 왜?'

'아, 호호, 미안하지만 실은 나 그 아이랑……'

악! 정신이 번쩍 들었다. 망상 속의 대화였다. 고토에가 윗옷을 벗어 옷걸이에 걸고 있다. 탱크톱을 입은 상반신이 드러나 있다. 가끔 곁눈질로 훔쳐볼 때마다 어깨 근육이 점점 발달하고 있는 것이 보인다.

"쳇……잘래."

"어, 그래."

고토에가 체육관을 열고 나서 두 사람의 대화는 언제나 짧았다. 다이치는 2층 자기 방에 들어가 문을 걸어 잠그고 혼잣말을 내뱉었다. "보란 듯이 드러내고는!" 그 의도에 관해 깊이 생각하고 싶지는 않다. 마모루의 포토 카드를 꺼내 들고 침대에 누웠다. 사진의 입술에 입술을 포개고 마음을 가라앉힌다. 그대로 스마트폰에 저장한 마모루 사진을 넘겨본다. 그다음으로는 비기닝 위민스 홈페이지에 접속했다가 이번 주 금요일이 우연히도 마모루의 생일이고, 신주쿠의 주점에서 생일 이벤트가 개최된다는 사실을 알았다. 마침, 퇴근 시간 이후였다. 아직 참가자 모집이 끝나지 않았다. 참가 희망자 양식에 정보를 입력했다.

 다음 날. 퇴근길에 마모루의 생일 선물을 사야겠다고 마음먹은 다이치는 아침부터 들뜬 기분이었다. 그때, 책상 위의 스마트폰이 진동했다. '닷찡♡'이란 발신자 표시가 떠 있다. 아, 어제부터 얘를 완전히 잊고 있었네……스마트폰을 손에 쥐고 잠시 바라보는 동안, '닷찡♡'이 뭔가 바보 같다는 기분이 들었다. 착신 거부를 눌렀다. 갑자기 언짢아졌다. 언제부터일까? 불륜 상대의 수준이 내려가고 있음을 실감하기 시작한 것은. 역대 외도 상대를 시간순으로 나열해 보면 현재에 가까워질수록 폭락해서, 그 밑바닥에 '닷찡♡'의 얼굴이 있다. 사귀는 사람의 수준이 곧 나의 수준 아닐까? 끼리끼리 논다. 그런 저급한 말이 멋대로 머릿속에 떠오른다. 왠지 고토에의 얼굴도 떠오르고……젠장! 무의식적으로 책상을 내려치고 말았다. 뭐 하는 짓이야! 상사의 호통을 듣고 바로 "죄송합니다!" 사과했다.

 일을 마치고 다이치의 원래 목적지는 긴자였다. 그

러나 갓 스물한 살 여성을 위한 선물을 사려면 역시 시부야나 하라주쿠가 좋겠다는 생각이 들어 결국 시부야에서 선물을 샀다.

 금요일. 야근을 피하기 어려웠지만 '집에 일이 있어서'란 이유로 칼같이 퇴근하면서 다이치는 어제가 고토에의 생일이었음을 깨달았다. 그러나 그마저도 잠시, 가방 안에 마모루에게 줄 선물이 잘 있는지 확인한 순간 고토에의 일은 머릿속에서 지워버렸다.

 생일 이벤트 장소는 신주쿠 가부키초 한 모퉁이에 있는 주점이었다. 디귿 모양의 카운터석과 테이블 4개가 놓여 있는 가게 안은 이미 팬들로 북적이고 있다. 참가자는 전원 남자였다. 벽에 잔뜩 붙어 있는 프로레슬링 포스터와 선수 사인을 보면 평소에도 팬들이 모이는 가게일 것이다. 카운터석에 자리 잡은 다이치에게 대회에서 옆자리에 앉았던 남자가 "오랜만! 댁도 완전히 마모루에게 빠져 들었구만! 큭큭큭!"하고 말을 걸어왔지만, 호흡을 참고 무시했다.

 30여 명의 팬이 모였을 때, 점장으로 보이는 남자가 이벤트 시작을 알렸다. 성대한 박수 속에서 카운터 안쪽 문으로부터 마모루가 모습을 드러냈다. 순백의 드레스, 머리에는 흰 깃털 장식. 옅은 화장이 청순한 복장과 어울렸다. 머리숱이 적은 중년 남성이 "Wink[04]의 쇼코 같아!"라고 외쳤지만, 주변의 반응은 없었다. 긴장한 기색이 역력한 마모루였지만 본연의 목소리로 담담히 인사를 시작했다. 은은히 풍기는 향수 냄새.

"어……오늘은, 저를 위해, 이렇게 모여 주셔서, 진심으로 감사드립니다!"

링 위에서 마이크를 잡았을 때와는 다른 사람같이 더듬거렸다. 뚱뚱한 남자가 "귀여워!"하고 외치자 몇 명이 뒤따라 외쳤다. 다이치는 '시끄러워! 마모루의 목소리가 안 들리잖아!'라고 마음속으로 일갈했다.

"아……이제 건배가 끝나면 한 분 한 분 인사드릴 거니까요. 즐거운 이야기 많이 나눠요. 그럼 건배하겠습니다. 여러분, 잔 들으셨나요?"

어느새 다이치의 눈앞에 주문한 하이볼이 놓여 있었다. 모두가 이미 건배 태세에 돌입했다. 다이치도 황급히 잔을 든다는 것이 그만 엎지를 뻔했다. 그 모습을 지켜보던 마모루가 "괜찮으세요, 다이치 님?"하

---

04 1988년부터 1996년까지 활동한 일본의 여성 아이돌 듀오

고, 얼굴을 들여다보며 미소를 지었다.

"아아, 괜찮아!"

순간 모두의 시선이 다이치에게 쏠렸다.

"자, 그럼 여러분, 오늘은 감사합니다. 건배!"

"건배!"

"스물한 살!"

"마모루짱 축하해!"

가게 안 열기는 아랑곳하지 않고 유리잔을 든 다이치의 손이 떨리고 있었다. 마모루가 나만 특별 대우해 줬다……거의 다 왔다. 사랑의 종착지, 그리고 그 앞에 펼쳐진 **어느 세계**에. 다이치는 마모루에게 어디서, 어느 타이밍에 선물을 전할지 진지하게 고민하기 시작했다. 거기에 모든 것이 걸려 있다. 선물 전달 시간이 따로 준비돼 있겠지만, 남들과 같은 방식으로는 절대 주지 않을 것이다. 어디서, 어느 타이밍에……그날 파티는 자정까지 계속되었다.

다음날은 회사에 가지 않는 휴일이었다. 어젯밤 막차를 타고 집에 돌아온 다이치는 머릿속 마모루의 잔상과 대화를 나누며 새벽까지 술을 마셨다. 스마트폰

알림에 눈을 떴을 때는 커튼 사이로 강한 햇살이 내리쬐고 있었다. 무거운 머리로 스마트폰을 본다. 마모루의 트위터 갱신 알림이었다.

[마모루] 어제는 my birthday party에 많이 와 줘서 고마워-☆ 오늘은 아침부터 어떤 촬영 중이야♪

스튜디오로 보이는 장소에서 찍은 듯한 셀카 사진이 첨부돼 있다.
"앗!"
마모루의 입술이 새빨갛게 물들어 있었다. 어제 다이치가 선물한 립스틱임이 틀림없다. 전화를 받기 위해 마모루가 밖으로 나온 타이밍을 노려, 통화를 마치기를 기다렸다가 건넨 생일 선물이었다.
"마모루의 입술, 내가 좋아하는 색으로 바꿔 주면 좋겠어!"
그렇게 전해준 립스틱을 다음 날 바로 입술에 바르고 사진까지 찍어서 올렸다. 다이치가 마음속으로 그리던 전개 그대로였다.

"우오오오오오! 됐다! 됐어어어어어!"
거침없이 마모루의 트위터에 첫 코멘트를 단다.

[TAICHI] 마모루짱! 선물 맘에 들었어? 역시 예상대로 어울리네! 다음번 신키바 티켓, 디엠 보낼 테니까, 잘 부탁해!

잠시 뒤 다이치의 코멘트에 마모루가 좋아요를 눌렀다. 다이치 내면에 하나하나 확신이 쌓여 간다. 마모루가 누른 좋아요의 빨간 하트를 스크린샷으로 찍어 배경 화면으로 설정했다. 이제 거의 다 왔다. 그 세계에……그럼 나는……서둘러 DM으로 티켓을 주문했다.

'마모루짱, 다이치야. 립스틱 맘에 들어? 사진 보고 엄청 기뻤어! 그리고 티켓, 다음 번 신키바의 맨 앞줄로 부탁해!'

금방 답장이 왔다.

'어제는 여러모로 감사했어요. 티켓은 알겠습니다☆ 잘 부탁드립니다♪'

립스틱에 관해서도 언급해 주길 바랐다. 참지 않고

다시 한번 디엠을 보냈다.

'티켓 잘 부탁해! 만약 괜찮다면 다음엔 그 립스틱을 바르고 찍은 사진을 나한테만 보내줄래?'

답장은 한참 동안 오지 않았다. 너무 뻔뻔했나? 안절부절하고 있을 때 알림이 떴다.

'죄송합니다! DM으로 티켓에 관한 것 외의 이야기를 나누면 회사에서 엄청나게 혼이 나요!'

과연, 마모루도 곤란한 입장이구나……그러고 보니 주요 고객층이 남자들이다 보니 회사로서는 선수를 보호해야 할 것이다. 그렇다면.

'그럼 LINE 아이디 알려 줄래?'

이번에는 금방 답장이 왔다.

'정말 죄송해요! 그런 식의 연락 전부 금지돼 있어요! 코멘트를 남겨 주시면 댓글 남길게요!'

이 이상 매달리는 것도 어른스럽지 못하냐고 판단해 '알았어, 자꾸 물어봐서 미안! 그런데 휴일에는 뭐해?'하고 보냈지만, 답장은 그 이상 오지 않았다.

"……왜지?"

침대에 책상다리하고 팔짱을 낀 채로 앉아, 답장이 오지 않는 이유를 골몰히 생각한다. 방 안에 쏟아지는 햇살의 각도가 바뀌었다. 그래도 답장은 오지 않는다. 주고받은 DM을 다시 한번 훑어본다.

"딱히 이상한 내용을 보내지도 않았고?"

무슨 일이 일어났나 싶어 마모루의 트위터 투고 화면으로 돌아가 보았다.

"맞다, 지금 촬영 중이지!"

쉬이 납득했다.

"아참!"

중요한 일이 남아 있었다. 자신의 트위터 아이콘을, 카메라를 빨아들일 듯 미소를 날리는 마모루의 셀카 사진으로 설정했다. 이로써 모두가 알아보겠지.

알아본다니! 웃음이 멈추지 않는다. 고토에도 자신의 트위터를 보고 있을 것이다. 언젠가는 마모루와 교류하고 있는 사실을 눈치챌지도 모른다. 고토에뿐만 아니라 지인 모두가 알게 될 것이다. 그때야말로…….

9월 7일

[마모루] 오늘은 오랜만에 온종일 쉽니다! 지금부터 스마트폰으로 좋아하는 디즈니 영화를 볼 거예요! 뭘 볼까나 ♪

[TAICHI] 영화, 나는 마블 좋아해. 특히 아이언맨! 디즈니도 좋지만 날 믿고 한 번 봐 봐! 틀림없이 감동할 거니까!

[마모루] 다이치 님 고마워요 ♪ 언젠가 봐볼게요 ☆

[TAICHI] 마블에 관한 거라면 뭐든지 나한테 물어봐!

[마모루] 네, 감사합니다 ☆ 지금부터 겨울왕국 볼 거예요! 이만 ♪

[TAICHI] 즐거운 시간 보내!

이날. 출근길 거실 테이블 위에서 고토에의 인터뷰가 실린 하치오지 지역 정보지를 발견한 다이치는 몰래 가방에 넣어 챙겼다. 그리고 회사 화장실에서 갈가리 찢은 다음 창밖으로 날려 버렸다.

9월 11일

[마모루] 스태프 마쓰자와 씨(♀)와 어떤 일로 요코하마에☆ 업무 후에는… 둘이서 데이트할까나♪

[TAICHI] 무슨 촬영? 신경 쓰이는구먼…요코하마는 내가 사는 곳! 언젠가 안내해 줄게!

[마모루] 감사합니다☆

[TAICHI] 다음은 언제 와? 요코하마에.

[TAICHI] 답이 없네 (슬픔)

[마모루] 미안해요! 미정이에요☆

[TAICHI] OK! 바쁠 텐데 건강 조심해!

이날. 다이치는 밤새 요코하마의 데이트 스폿을 검색했다.

9월 14일

[마모루] 늘 챙겨 주시는 K 님께서 하코다테로부터
　　　　게를 보내 주셨어요-☆
[TAICHI] K 님은 누구? 신경 쓰이는 내용이네
[TAICHI] 또 답이 없어 (슬픔)
[마모루] 비기닝 모두가 신세 지고 있는 수산 회사의
　　　　대표님이세요!
[TAICHI] 대표님이라니…뭔가 실망
[TAICHI] 어어 어이 또야 (화남)
[TAICHI] 믿고 있어

이날. 영업부장으로 승진한 동료를 축하하는 동기 모임이 있었지만, 다이치만 불참했다.

9월 15일

[마모루] 오늘은 무척이나 다운돼 있어요☆ 너무 슬퍼…
[TAICHI] 무슨 일이야? 성가신 일이라도 있는 거면 언제라도 상담해 줄 테니까!
[마모루] 이젠 괜찮아요!
[TAICHI] 무리하지 말고, 날 믿어 봐!
[TAICHI] 무슨 일이야?
[TAICHI] 바빠?
[TAICHI] 내일 신키바에서 물어볼게. 내가 기분 풀어 줄 테니까!

다음 날 다이치는 다시 신키바를 찾았다. 접수대에서 "마모루 티켓이요!"하고 주변 팬들이 돌아볼 정도로 큰 목소리로 존재감을 과시했다. 제일 비싼 맨 앞 줄 티켓을 받아 들고 좌석 번호를 확인하니, 여기 앉음으로써 자신이 마모루의 무대를 완성한다는 운명적인 예감이 피어났다.

대회가 끝난 후 메인 싱글 매치에서 승리한 마모루의 굿즈 테이블에는 언제나처럼 많은 팬이 늘어서 있었다. 다이치는 지난번처럼 판매 종료 직전 마모루의 앞에 섰다.

"안녕! **일반** 팬은 다 끝난 거지?"

"아……."

향수 냄새. 한순간 마모루의 표정이 어두워 보였지만 시합으로 인한 피로 때문이라고 다이치는 생각했다.

"괜찮아? 시합, 격렬했지! 그건 그렇고 무슨 일 때문에 우울했던 거야?"

"이제는 괜찮아요, 감사합니다."

"정말 괜찮아?"

"네. 감사합니다!"

"그리고, 시합 때도 내가 선물한 립스틱 바르면 좋잖아!"

마모루 뒤에서 현금을 세던 여성 스태프가 할 말이 있는 얼굴로 다이치를 바라보더니 "판매 종료합니다."하고 말을 걸었다.

"네네, 사면 되잖아! 음……오늘은 어느 마모루로 할까?"

해변에서 촬영한 수영복 차림의 포토 카드를 샀다. 사인 아래 '다이치 LOVE'라고 쓸 것을 요구하자 마모루는 잠시 생각하더니 '다이치' 'LOVE'라고 줄 바꿈을 해서 적었다.

"그리고 오늘은 나도 사진 찍는다? 눈 옆에 브이 자를 하고······응, 손가락 사이로 눈이 보이게······그렇지! 이제부터 나랑 사진 찍을 때는 반드시 이 포즈를······약속해!"

이때 다이치는 등 뒤로부터 시선을 느꼈다. 뚱뚱한 남자를 포함 마모루 티셔츠를 입은 여러 팬이 무언의 시선을 보내고 있었다. 초라한 패배자들의 선망이 담긴 눈빛이라고 다이치는 생각했다. 우월감을 만끽하며 무시했다. "종료합니다. 감사합니다!" 안내 멘트가 장내에 울려 퍼진다. "그럼 또 연락할게!"라며 내민 다이치의 오른손을, 마모루가 미묘한 간격을 두고 잡았기 때문에 다이치는 강하게 되잡았다.

그리고 마모루에게 윙크를 보내고는, 오른손을 눈 위로 든 채 뚱뚱한 남자들 사이를 유유히 지나 대회장을 빠져나갔다.

마모루와 줄리아나의 시합까지 앞으로 일주일. 이날 비기닝 위민스는 신키바보다 넓은 '신주쿠 페이스'

에서 대회를 열었다. 가부키초 한가운데 자리한 빌딩 7층의 회장이었다. 엘리베이터를 내리니 눈앞에 접수처가 있었다. 당연히 마모루에게 부탁해 둔 맨 앞줄 티켓을 찾았다. 그리고 티켓과는 별도로 반드시 사야 하는 음료 값 500엔을 지불하자 교환용 코인을 내주었다. 대학 시절 곧잘 다녔던, 비슷한 운영 방식의 라이브 하우스를 떠올리면서 코인을 레몬 사워와 교환한 후 대회장에 입장했다.

"헤에······."

빌딩 7층이라고는 믿기 힘든 규모였다. 일부러 조도를 낮춘 듯 어둑어둑한 장내에서 천장 사방으로부터 비치는 조명 아래 거룩하게 빛나는 링만이 존재감을 발휘하고 있었다. 스포트라이트, 질서정연하게 놓인 검은색 접이식 의자, 좌우로 설치된 2개의 스크린에서는 마모루 굿즈 광고가 방영되고 있었다. 신키바 퍼스트 링이 변두리 퀴퀴한 창고라면 이곳 신주쿠 페이스 대회장은 세계에서 손꼽는 환락가에 위치한 비밀 종교 시설 같은 느낌이었다.

대회 시작까지는 아직 20분 정도 남았다. 레몬 사워 잔을 비우니 한 잔 더 마시고 싶었다. 매점으로 가는 길에 원을 그리고 서서 얘기를 나누고 있는 무리와 마주쳤다. 지난번 신키바에서 다이치에게 선망의 눈길을 보냈던 패배자들이었다. 뚱뚱한 남자와 눈이 마주치자, 화들짝 놀란 듯이 "……왔어, 그 남자가!"라고 외쳤다. 그리고 모두가 다이치를 노려보더니 말없이 자리를 떴다.

"뭐 하는 놈들이야."

고양됐던 기분이 단번에 언짢아졌다. 재수 없게! 오타쿠 주제에 질투나 하고! 마음속으로 울분을 토했다. 동시에 어린애처럼 레몬 사워나 들고 자리로 돌아가는 자기 모습을 상상하니 비참한 기분마저 들었다. 그런 모습을 무리에게 보이기 싫어 아무것도 사지 않은 채 태연한 척 자리로 돌아갔다. 마모루와 줄리아나의 결전을 앞두고 이목을 모은 이날 관객석은 초만원이었다.

첫 번째 시합이 시작되었지만 다이치의 머리속에는 '……왔어, 그 남자가!'란 외침이 빙글빙글 맴돌고 있었다. 그들이 관객석 어딘가에서 자신을 노려보고 있을 것만 같아 좀처럼 집중할 수 없었다. 그래도 메인 싱글 매치에 등장한 마모루를 보자 마음에 드리웠던 구름이 단숨에 걷혔다.

 시합 종료 후 승리를 거둔 마모루가 마이크를 잡았다.

 "제 프로레슬링 일생일대의 결전까지 일주일 남았습니다!"

 함성이 일자 마모루는 사방을 둘러보았다. 순간 눈이 마주쳤다고 생각한 다이치는 "여기! 여기!"라고 외치면서 손을 흔들었으나 반응은 없었다. 마모루는 마이크 워크를 이어 나갔다. 진지한 표정이었다.

 "저는 지금 이 상황이 조금도 만족스럽지 않아요! 저 자신도 비기닝 위민스도 다음 주 제가 줄리아나를 상대로 승리함으로써 앞으로 앞으로 나아갈 수 있을 거라고 생각합니다. 그러니까 여러분, 반드시 응원하러 와 주세요! 오늘은 정말 감사했습니다!"

 이날 최고의 함성이 일었다. 나이치는 '여러분'이란 표현이 마음에 들지 않았다. 굳은 표정을 풀지 않고 퇴장하는 마모루를 향해 다이치는 다시 한번 손을 흔들어 보였지만 마모루는 시선을 주지 않았.

저는 지금 이 상황이 조금도 만족스럽지 않아요.

'그 말, 응원해 주는 팬들에게 실례 아냐? 나한테는 특히 그렇고.'

다이치는 마모루와 그런 대화를 나누는 장면을 반복해서 망상했다. 앞서 마모루의 눈은 먼 미래를 바라보고 있는 듯 보였다. 그래서 다이치가 시선에 들어오지 않은 것이다. 그러면 안 되지. 나는 어쩌고……정신을 차리고 보니 로비의 판매 부스 앞이었다. 언제나처럼 테이블 너머에 선 마모루 앞에는 긴 행렬이 늘어서 있었다. 시합 전 마주쳤던 무리가 선두에 서 있다. 다이치는 기둥 뒤에 숨어 잠시 상황을 살폈다.

줄은 여느 때보다 빨리 줄어 들었다. 신경 쓰이는 무리는 저 멀리 원을 만들고 서서 자기들끼리 대화에 열중하고 있었다.

"마모루!"

"아……안녕하세요……."

향수 냄새.

"드디어 다음 주네. 컨디션이 좋아 보여서 나도 안심했어!"

"네, 그렇죠……."

"뭐든 내가 도울 수 있는 것이 있으면 사양하지 말

고 얘기해."

"네, 감사합니다……."

역시나 건성으로 대답하는 듯한 기분이 들었다.

"있잖아, 마모루……긴장하고 있는 건 알겠는데."

"네……?"

"내 앞에서는 긴장 풀어. 오늘은 너의 티셔츠를 살게. 다음 주 고라쿠엔 시합에 입고 가려고."

"감사합니다."

"나한테 어울리는 것으로 골라 줘."

몇 가지 티셔츠 중 마모루는 보라색 바탕에 흰색으로 'MAMORU'라고 쓰인 셔츠를 골랐다.

"역시 마모루야! 만약 산다면 이걸로 해야지 하고 예전부터 생각하고 있었어!"

"네."

다이치가 보기에 마모루는 영혼 없는 인형 같았다.

"저기, 마모루."

"네."

"네, 밖에 할 줄 몰라?"

"예……?"

마모루 뒤에서 현금을 세고 있던 여성 스태프가 불

편한 분위기를 감지하고 의아한 표정으로 다이치를 주시했다.

"아, 미안……뭐, 됐어……마모루. 사진 찍어도 돼?"

"네."

다이치가 스마트폰을 내밀자 마모루는 양손을 주먹 쥐고 파이팅 포즈를 취했다.

"어이, 그게 아니잖아!"

"……예?"

다이치가 큰소리를 내자 마모루가 고개를 갸웃했다.

"내가 사진 찍을 때는 얼굴 옆에 브이 자를 그리라고 했잖아!"

그러자 마모루는 조금 뜸을 들이고,

"네, 그랬죠."

하고 포즈를 취했다. 그러나 다이치에게는 그 반응이 될 대로 되라는 식의 태도로 보였다.

"어이, 정말이지!"

"뭐……뭐 하시는 거예요!"

마모루 대신 여성 스태프가 동요를 감추지 못하고 소리쳤다. 주위 팬들이 일제히 돌아봤다.

"아까 링에서 한 말도! 지금 응원하는 사람들에게 실례 아냐? 특히 나한테 말이야!"

마모루는 흔들림 없는 눈빛으로 다이치를 노려봤다. 반대편에 있던 오타쿠 무리가 무슨 일이냐며 다가왔다. 흥분해서 어깨를 들썩이는 다이치. 그를 노려보는 마모루. 동요하는 스태프. 누가 봐도 문제는 다이치였다. 뚱뚱한 남자가 다이치에게 바짝 다가섰다.

"이봐, 당신……이미 소문이 파다하다만, 좀 적당히 하지 않을래?"

어느새 다수의 팬이 주위를 둘러싸고 있다. 다이치는 사태의 심각성을 그제야 눈치챘다. 뚱뚱한 남자는 냉정을 잃지 않고 말을 이어 나갔다.

"우선 당신, 이상한 댓글 좀 그만 달아. 마모루짱 생일에 립스틱 줬지? 거기서부터 착각이 시작됐고. 어느 스태프한테 들은 얘긴데, 그다음 날 마모루 짱이 올린 사진의 립스틱은 메이크업 스태프가 준비한 거였대. 그런데 당신이 그런 댓글을 다는 바람에 마모루 짱이 아주 곤란했다고. 요전 신키바에서도 같은 착각을 했지?"

"뭐……뭐라고?!"

마모루 쪽을 돌아보니, 앞서보다 더 날카로운 눈빛으로 다이치를 쏘아보고 있었다. 그리고 뚱뚱한 남자의 다음 한 마디가, 다이치에게는 결정타였다.

"당신 혹시 말이야."

뚱뚱한 남자의 안경이 반짝, 빛났다.

"마모루짱과 가까워지면 자신이 뭔가 대단한 존재라도 되는 양 착각하고 있는 것 아냐?"

다이치의 머릿속 세상이 붕괴하고 있었다. 고작 기분 나쁜 오타쿠 따위가 던진 작은 돌멩이에 **어느 세계**가 함락된 것이다.

"멋대로 지껄이지 마! 오타쿠 주제에……."

온몸의 떨림을 감추지 못하는 다이치를 상대로 뚱뚱한 남자는 거침이 없었다.

"에, 그럼 말이지. 그렇게나 대단한 당신은 뭐하는 사람인데? 그래 우리는 오타쿠라고 치자. 그래도 당신과는 달리 좋아하는 대상에게 피해가 가지 않는 선에서 응원하고 있다고. 어디 한 번 마모루짱에게 물어볼까? 우리와 당신 중 어느 쪽이 민폐인지."

"……!"

다이치가 고개를 돌렸을 때 마모루는 이미 자리를

떠난 후였다. 스태프의 재촉을 받으며 빠른 걸음으로 퇴장하는 뒷모습만이 멀리, 조그맣게 보였다.

 다이치는 귀가와 동시에 무너지듯이 현관에 주저앉았다. 고토에가 진동하는 술 냄새에 얼굴을 찌푸렸다. 혀가 꼬부라진 다이치가 쥐어짜듯 말한다.
 "너……있잖아……너 말이야……내가 우습지! 별 볼 일 없는 놈이라고 무시나 하고!"
 고토에는 미간에 깊은 주름을 만드는 것으로 대답을 대신했다.
 "이제는 네가……나보다 벌이도 좋고……그러면 난 대체 뭐가 되냐고!"
 고토에가 나지막이 입을 열었다.
 "내 알 바 아니지."
 휘청이던 다이치의 몸이 우뚝, 섰다. 여전히 상체는 기울어져 있다. 대상을 알 수 없는 분노가 담긴 눈길이 이제는 고토에를 노려본다.
 "거 봐, 역시 바보 취급하고 있잖아."
 그래도 고토에는 태연한 표정으로 고개를 저으며 대답했다.

"모르겠어……어쨌든 지금 우리 집은 겉으로 보기에 원만한 사이잖아? 이 관계가 무너질 만한 문제라도 있어? 그런데 당신은 그 이상 뭘 원하는 거야? 난 전혀 모르겠어."

다이치는 이성을 잃었다.

"넌 만족하겠지! 넌! 하지만 난 어쩌라고! 쌍! 넌 만족하겠지만! 난! 나는!"

넌 만족하겠지. 다이치는 고장 난 앵무새 인형처럼 끊임없이 반복하여 되뇌었다.

다음 날 아침. 입안에서 풍기는 시궁창 냄새에 다이치는 눈을 떴다. 혈관 끝에서 끝까지 알코올 기운이 남아 있는 듯 사지가 떨렸고, 머리맡에 있어야 할 스마트폰은 좀처럼 손에 잡히지 않았다. 가까스로 집어 들어 화면을 켜자, 뿌연 시야에 마모루가 보낸 DM이 들어왔다. 떨리는 손끝으로 눌렀다.

'미안합니다. 회사의 지시이지만 제 뜻이기도 합니다. 더 이상 저에게 티켓을 주문하지 말아 주세요. 그리고 앞으로 비기닝 위민스 프로레슬링은 동영상 서

비스를 통해서만 봐주세요.'

뿌연 시야에 눈물이 차오른다. 전부 끝났다.

6일 후. 다이치는 선글라스에 마스크를 쓰고 고라쿠엔 홀 회장의 링으로부터 가장 먼 자리에 앉아 있었다. 이제는 닿을 수 없는 세계라고 할지라도, 마모루와 줄리아나의 결전은 눈에 담아 두고 싶었다.

그건 그렇고 신키바나 신주쿠 페이스 대회장에 비하면 고라쿠엔 홀은 진정한 프로의 세계라고 부를 만한 웅장함을 풍겼다. 크기도, 조명도, 내부에 떠도는 공기도 지금까지의 대회장과는 격이 달랐다. 신키바를 홈으로 삼는 비기닝 위민스와 고라쿠엔보다 큰 3천 명 이상 수용 가능한 대회장에서도 자주 대회를 치르는 레이디 스타즈가 단체 위상 면에서 얼마나 차이가 나는지 실감할 수 있었다. 그 차이가 선수 수준에서도 나타날지 비기닝 위민스 외의 여자 프로레슬링을 본 적 없는 다이치로서는 알 수 없었다. 이날 대회는 레이디 스타즈의 주최로, 마모루로서는 단체의 위신을 걸고 단신으로 전장에 뛰어드는 양상이었다.

시합 시작까지 얼마 남지 않은 무렵 맨 앞줄에 앉은 유난히 낯익은 얼굴의 여성이 눈에 들어왔다. 고토에였다. 다이치는 무의미한 행동인 줄 알면서도 선글라스와 마스크를 고쳐 썼다.

대회가 시작되었다. 첫 번째 시합은 신인 선수 간의 싱글 매치였다. 양 선수가 링에 오른 순간 지금까지 봐 온 여자 프로레슬링과는 차원이 다른 광채가 다이치의 눈에도 보였다.

두 번째, 세 번째 시합에 등장한 레이디 스타즈의 선수들은 한층 강렬한 빛을 발휘했다. 마지막에 등장하는 줄리아나는 대체 어느 정도일지? 드디어 메인 이벤트. 다이치는 주먹을 꽉 쥐었다.

모습을 드러낸 줄리아나는 존재가 보석과 같았다. 느긋하게 옮기는 걸음마다 주변에 금가루가 흩날리는 듯했다. 링에 올랐을 때는 모든 관객의 시선이 줄리아나에게 집중되어, 마모루는 끄트머리에 조그맣게 비치고 있을 것이 분명했다. 마모루에게 시선을 옮기려 해도 줄리아나가 사람을 끌어당기는 힘이 너무나 강했다. 가까스로 시야에 들어온 마모루는 누가 봐도 위축되어 있었고, 싸우기도 전에 지고 있었다. 다이치의 옆자리에서 레이디 스타즈의 티셔츠를 입은 중년 남자가 외쳤다.

"레벨이 달라!"

그리고 줄리아나는 불과 2분 12초 만에 마모루를 제압했다. 다이치는 강하면서 미인이고, 동시에 많은 팬을 가진 줄리아나가 자신의 애인이라면 얼마나 자랑스러울까, 모두가 나를 얼마나 우러러볼까 망상했다. 다시 발동이 걸린 망상은 거침없었다. 대회가 끝나자 회장 이곳저곳에서 비기닝 위민스 로고 셔츠를 입은 팬들의 어두운 얼굴이 보였다. 예의 오타쿠 무리가 모여 한탄하는 모습을 발견하고는 마음속으로 '꼴 좋다!'고 외쳤다.

다이치는 마모루의 참패가 기뻤다. 시합이 시작되기 전부터 실력 차는 역력해 보였다. 만약 우연이라도 마모루가 이겨버린다면 그런 행운의 별을 쥐고 태어난 마모루가 너무나 부러웠을 것이고, 설령 마모루가 뼈를 깎는 노력 끝에 손에 넣은 실력으로 이긴다 한들 그런 괴로운 과정을 통해 순위가 매겨지는 세상에서 살고 싶지는 않았다.

무엇보다 줄리아나는 격이 달랐다. 줄리아나가 조

르기 기술로 마모루에게 승리를 거두는 순간, 맨 앞줄에 앉아 있던 고토에는 그 결과를 확신하고 있었다는 듯이 딱히 기뻐하는 기색도 없이, 그저 오른 주먹을 꽉 쥐어 보일 뿐이었다. 아마 누구나가 예상한 결말이었을 것이다. 만약 마모루 역시 알면서 싸움에 뛰어들었다고 한다면……다이치는 그 심정을 헤아리며 상상해 보았다. '만약 나였다면…….' 부질없는 짓이었다. 승산 없는 투쟁에 나서는 자신의 모습 따위 조금도 그려지지 않았다. 무모한 일, 괴로운 일, 노력이 필요한 일은 요령껏 피해 온 것이 지금까지 다이치의 인생이었다. 자, 이로써 모든 것이 정말로 끝났다. 돌아가자. 선글라스와 마스크를 다시 고쳐 쓰고 군중 속에 숨어 엘리베이터를 타고 출구로 향했다.

 1층 로비에 내리니 고토에가 보였다. 시합 후 여운을 만끽하는 듯 귀가를 서두르는 기색 없이 줄리아나 팬들과 같은 자리에 머물러 있었다. 다이치는 그늘진 곳에 숨어 있다가 고토에가 자리를 뜬 것을 확인한 후 마스크를 벗었다. 그때, 눈 주위가 새빨갛게 부은 마모루가 트레이닝복 차림에 스포츠백을 어깨에 메고, 모두의 시선을 피하듯 잰걸음으로 나타났다. 팬들도 그 심정을 안다는 듯 "힘내!" "잘 싸웠어!" 멀리 서서 응원을 보내는 것에 그치고 있었다.

다이치의 눈앞을 마모루가 스쳐 지나간다. 화장기 없는 얼굴에 머리는 헝클어졌다. 샤워도 하지 않고 선수 대기실을 나선 것 같다. 언제나의 향수 냄새가 희미하게 풍겼다. 그런 마모루가 다이치의 눈에는 이제는 금이 간, 푸른 향수병처럼 보였다.

어쩌면 지금이라면 통할지도 모른다. 그렇듯 빛나던 마모루가 이제 나와 같은 부류로 전락했으니까. 그래도 시간이 지나면 마모루는 필사적으로 되살아날 것이다. 그렇다면 붙잡을 기회는 지금밖에 없다. 다이치는 말을 걸고 싶은 충동을 억누를 수 없었다.

지금 손을 내밀면 틀림없이 마다하지 않고 매달릴 것이다. 신이 주신 마지막 기회다. 다이치는 뛰었다. 대회장을 나서, 고라쿠엔 유원지를 벗어나기 전에 마모루를 따라잡았다.

다른 이들이 보고 있을지 모르지만 상관없었다.

"마모루!"

돌아서는 마모루의 눈시울은 붉었고 눈물이 흘러넘치려 하고 있었다. 다이치는 선글라스를 벗었다.

"다……!"

도망치려는 마모루의 팔을 붙잡고 다이치는 승부수를 내밀었다.

"넌 충분히 노력했어! 다시 시작하자! 나랑 사귀어 줘!"

다이치의 손아귀 안에서 마모루의 팔이 저항을 멈췄다. 슬로 모션이 걸린 듯 천천히 다이치를 똑바로 보고 선다. 마주 보는 두 사람.

"마모……."

그러나.

"당신 말이야, 마음 같아서는 죽여 버리고 싶어!"

"……!"

"다른 사람의 인생으로 자기 만족을 채우려고 하지 마, 병신 같은 새끼!"

인파가 몰려들었다. 마모루는 "비켜!"라고 외치며 사람들 사이를 헤치고 스이도바시역 방향으로 사라졌다.

"또 저 자식이야!" "부끄러운 줄도 모르고!" "적당히 좀 해!"

인파 중에는 다수의 마모루 팬들이 섞여 있었다. 휴

대폰을 꺼내 다이치를 찍는 사람. 다이치를 비난하는 고성이 날아들었다.

"당신!"

익숙한 목소리가 귓가를 파고들었다. 고토에의 얼굴. 공주에게 저주를 내리려다 실패하고 군중에 의해 갈기갈기 찢어발겨진 주술사를, 풀숲 그늘에서 서서 우연히 목격한 주술사 아내의 얼굴이었다. 다이치는 내달렸다. 그러나……도망칠 곳이 없었다! 집에 갈 수 없다. 프로레슬링 대회장으로도 당연히 갈 수 없다. 회사……만약 소문이 퍼지면……트위터 프로필에 얼굴 사진을 올리지 말아야 했다! "으아아아아아!" 겁에 질려 비명을 지르며 하염없이 내달렸다.

"어서 와요."

자정이 지난 시각. 다이치가 숨을 죽이고 문을 열었을 때 고토에는 아직 깨어 있었다. 몸의 떨림을 감추지 못하는 다이치를, 고토에는 조용히 바라볼 뿐이었다. 감정을 읽을 수 없다. 다이치는 떨리는 두 손으로 얼굴을 감싸고 그 자리에 쭈그리고 앉았다. 어쩌면 그저 무릎의 힘이 빠진 것인지도 모른다. 고토에가 입을 열었다.

"됐어……아무것도 묻지 않을 거니까."

다이치는 온몸의 힘이 빠지면서 털썩! 무너지듯 손을 짚고 엎드렸다. 고토에가 자신을 비난하지 않는 것이 오히려 견디기 어렵고, 두려웠다. '죽고 싶어!' 쥐구멍이라도 있다면 들어가고 싶다. "괜찮아, 괜찮으니까." 고토에가 다가와서 떨리는 다이치의 등에 손을 얹었다.

"마모루처럼 귀여운 여자아이의 남자 친구가 되고 싶었던 거지? 그래서 모두의 부러움을 사고 싶었고?"

눈물과 콧물이 흘러내린다. 이제 다이치는 쥐만도 못한 존재였다.

"그랬다면 됐어. 나 잊어 버릴게."

"어……어……?"

고토에가 하는 말을 이해할 수 없었다.

"이건, 액땜 같은 거라는 생각이 들었어. 방금."

다이치가 겨우 고개를 들었다. 고토에 얼굴이 눈앞에 있다. 부처님처럼 보였다.

"애, 액땜? 어떤?"

가까스로 입을 연 다이치는 네 발로 엎드린 채 두

발로 버티고 선 고토에를 우러러보았다. 천장에서 내리비치는 조명의 빛이 후광처럼 보인다. 고토에는 다시 한번 "액땜……."이라고 천천히 되뇌더니, 그다음은 단숨에 말했다.

"나, 당신과 속도위반 결혼을 했다는 이유로 만사를 그저 성의 없이 타협하면서 살았어. 그래서 한 번은 벌을 받을 줄 알았다고."

프로레슬링으로 말하자면 피니시 무브……다이치를 마지막으로 지탱하고 있던 두 팔의 힘이 빠지면서 그의 이마가 현관 바닥에 격돌했다. 그런 두 사람을, 계단 위에서 쇼고가 무표정한 얼굴로 내려다보고 있었다.

다음 날. 아무 일도 없었다는 듯이 다이치는 정장을 차려 입고 출근길에 나섰다.

"다녀와요."

"응……."

고토에는 지난밤 사건을 기억에서 지운 듯이 행동했지만, 그마저도 다이치로서는 참기 힘들어 서둘러 집을 나왔다. 그때 주머니에서 스마트폰이 울렸다. 발을 멈춘다. 뒤돌아본다. 고토에는 보이지 않는다. 안심하고 스마트폰을 꺼냈다. '닷찡♡'으로부터의 메시지였다.

'이제는 답장할 때도 됐잖아!'

긴 여행에서 돌아와 오랜만에 집안을 둘러보고 '이런 곳에 이런 것이 있었네'하는 기분이 들었다. 답장을 쓴다.

'미안 미안. 일이 바빴어. 오늘 밤 오랜만에 데이트?'

답은 금방 왔다.

'정말? 오늘 날 만족시켜 주면 전부 용서해 줄게♡'

한심하긴……쓴웃음을 지으면서 답장을 썼다.

'일곱 시에 항상 만나는 곳에서.'

'역시 다이치가 최고양♡'

스마트폰을 주머니에 집어넣고, 자학적인 웃음을 지었다.

어딘가 미쳐 있었다……어제까지 나는. 그도 그럴 것이 인생에서 마지막 기회였다, 어쩌면 대단한 존재가 되었을지도 모를. 나 자신은 이미 자력으로 무언가 대단한 사람이 되기는 포기하고 있다. 그럴 수밖에 없다. 이제는 노력하는 것도 지긋지긋하니까. 그래서 누군가의 힘을 빌려 자신을 과대 포장하고 싶었지만……실패했다. 괜찮은 여자와는 물론 언제라도 사귀고 싶다. 그러나 중요한 것은 관계가 아닌 그 여자를 손아귀에 넣은 자신이다. 청춘 시절과는 그 점이 다르다. 지나고 보니 **어느 세계**라는 표현은 조금 과장된 것이었는지도 모른다. 그런데 그게 어른이 살아가는 방식 아닌가? 이제 인생 따위 아무려면 좋다고 포기한 어른이 살아가는 방식.

하고 싶은 대로 뭐든 저질러서 다행이었다. 결과는 실패였지만. 그래도 자신은 운이 좋았다고 생각한다. 왜냐하면 사람은 누구나 지루한 표정을 하고 살아가고 있지 않은가. 원하는 대로 살지 못해서 그렇다. 단 한 순간도 하고 싶은 대로 하지 못하고 있지 않은가, 모두가. 그러니까 결과는 실패였지만……시시한 인생을 살아가는 것은 나 하나뿐이 아니다. 누구나 내면에 무언가 하나쯤 욕망을 품고 살아간다. 그러나 대부분은 그 욕망을 실현하지 못하고 생을 마친다…….

거기까지 생각이 미치니 마음이 조금은 편안해졌다. 역으로 향하는 다이치의 발걸음은 어제와 비교해 확실히 가벼웠다.

5장

나란 말이다

내가 원하는 내가 되기.

자기계발서나 세미나 등에서 흔히 볼 수 있는 광고 문구다. 그러나 내가 원하는 나란 대체 뭘까? 만약 사람이 지구상에 혼자 남는다면 그래도 여전히 무언가 되기를 원할까? 아무도 없는 세상에서 강력한 힘을 얻는다 한들, 천상의 미모를 갖춘다 한들, 누구에게 보여주고 자랑할 것인가? 어쩌면 사람은 진정으로 무언가 되기를 원한다기보다는, 그저 다른 이의 평가를 구하고 칭송받고 싶어 하는 것에 불과한지도 모른다. 그러고 보면 링 위에서 "최강자는 나란 말이다!" 따위 캐치프레이즈를 외치는 나 역시 다른 이들에게 '저 사람 대단해!'란 호응을 바라는 소인배에 불과한 것은 아닐까?

마흔 살 넘어서부터 머릿속에서 끊이지 않고 따라다니는 의문이 사사하라 가즈히코를 괴롭히고 있었다. 오사카부립 체육관 제2경기장. 챔피언에게만 주어지는 개인 대기실의 대형 거울 앞에 벌거벗은 상반신으로 서 있다. 일주일에 5일씩 태닝을 받는 피부는 젊을 때와 다름없이 구릿빛이다. 혹독한 트레이닝 덕에 팔 둘레나 가슴둘레도 변함없이 유지하고 있다. 그러나 옛날과 비교하면 세세한 부분에서 노화가 드러난다. 특히 목덜미가 그렇다. 예전에 은퇴한 한 선배 레슬러가 거울을 보며 중얼거리는 혼잣말을 들은 적이 있다.

"목의 노화는 감출 수가 없네……."

평생 조연급에 머문 채로 은퇴한 그 선배는 어느 때부터 목덜미와 쇄골 주변 근육이 탄력을 잃고 눈에 띄게 늘어졌다. 그 주변을 구성하는 독립된 근육이 입체감을 잃고 밀대로 밀어낸 반죽처럼 평평하게 처지는 것이다.

그 후 사사하라는 레슬러든 아니든 누군가 만나면 자연스레 목덜미로 시선이 갔다. 확실히 일정 연령이 지난 사람들은 목덜미의 탄력을 쉬이 잃었고, 주름이 지고는 했다. 노장 레슬러가 이를 악물고 버티고 있는 사진을 보면 모두 할아버지 같은 목덜미를 하고 있었다. 당시에는 자신도 그렇게 되리라고는 추호도 생각하지 않았다. '저런 만년 2군 선수와 나는 다르다! 저렇게 될 리 없어!' 그러나 사사하라도 마흔네 살이 될 무렵부터는 같은 목덜미를 갖게 되었다. 다른 이는 몰라도 자신만은 알아보는 노화의 징후가 나타나기 시작해 이제는 감출 수 없다. 신인 때부터 트레이드 마크로 삼고 있는 긴 장발도 최근에는 눈에 띄게 숱이 줄기 시작했기 때문에 짧게 자르는 편이 나을지 고민하고 있다.

그래도 링 위에서 가장 강하다면 그것으로 족하다. 신일본 프로레슬링 단체의 정점에서 오랜 세월 내려오지 않고 있는 사사하라의 철학이었다. 프로레슬러에게는 강인함이 전부다. 그래서 정상의 자리를 누구에게도 내주지 않기 위해 오늘도 누구보다도, 신진 선수 이상으로 혹독하게 자신을 몰아붙일 작정이었다.

지금부터 대회장에 관객이 들어오기 직전까지 남은 시간 링 위에서 누구보다 격렬하게 연습할 것이다. 배에 땀복을 강하게 둘렀다. 조금만 방심해도 금세 눈에 띄는 아랫배는 특히 막강한 적이었다.

그러나 한편 사사하라의 머릿속에는 이런 삶을 언제까지 이어가야 할지에 관한 고민이 자리 잡고 있다. 강박적으로 스스로를 몰아세워야 하는 이 프로레슬링 인생의 끝은 언제쯤일까? 애초에 정상을 사수해야 하는 이유는 무엇이란 말인가? 최고 수준의 출연료를 유지하기 위해? 아니, 당장 은퇴한다고 해도 무리만 하지 않으면 평생 먹고 살 만한 돈은 이미 있다. 게다가 은퇴 후에도 코치나 프로모터 등 자질구레한 벌이는 얼마든지 있을 것이다. 이것저것 따지지 않고 가장 강한 자로 군림하고 싶다. 레슬러로서의 본능에 충실한 채로 살아간다. 젊을 때는 그런 식의 자아도취도 가능했다. 그러나 지난 10년간 머릿속을 떠나지 않는 고민 앞에서 자신이 혹시 바보 같은 짓을 하고 있는 것은 아닌지 의심이 들기도 한다.

8년 전 사사하라가 사업가 모임에 얼굴을 내민 적이 있었다. 그해 여름 경기 중 팔이 골절되는 부상을 입어 3개월간 장기 결장했다. 처음에는 침울했지만, 휴가라고 긍정적으로 받아들이고 오히려 하체를 철저히 단련하는 기회로 삼자고 다짐하고 있을 때 아내의 조언을 들었다.

"이제 나이도 많은데 은퇴 후에 대비해서 부업이라도 시작해 보는 건 어때?"

사사하라는 맹렬히 반발했다. 마흔 살이 돼서도 "최강자는 나란 말이다!"라는 캐치프레이즈에 걸맞게, 도전해 오는 젊은 선수를 몇 번이나 쓰러뜨린 사사하라였다. 그런데 나이가 많다고? 아직 한창인 내가 은퇴? 그런 생각은 추호도 없었다.

"무슨 소리, 난 평생 현역이야!"

"네, 네. 알겠는데 한 번만이라도 좋으니 모임에 얼굴 좀 내밀어 봐. 사실은 우리 아버지가 당신 유명세를 활용할 수 있는 사업이 있다고 에전부터 몇 번이나 얘기했단 말이야. 부탁이니까!"

익숙하지 않은 정장을 입고, 넥타이를 매고, 사사하라는 시내에서 개최된 행사에 나갔다. 사업 아이템은 정수기 판매업이었다. 설명을 들으니 과연 사회에서 다소 지명도가 높은 자신이라면 그럭저럭 수입이 될 것 같다는 판단이 섰다. 그러나 그곳에 모인 사람들의 표정이 징그러웠다. 돈벌이에만 혈안이 된, 지금까지 자신이 살아온 세계와는 다른 세계에 사는 이들. 삶에서 추구하는 바가 다르다. 역시 프로레슬링 세계에서 추구하는 강인함만이 자기 삶의 전부라고 다시 한번 다짐했다. 그래도 행사 후 참석자들의 식사 모임에는 참석했다. 사사하라가 앉은 테이블에는 비슷한 또래의 남성 몇 명이 앉아 있었다.

"사사하라 씨는 체격이 좋으시네요. 평소 무슨 일을 하고 계신가요?"

참가자 모두 가슴에 이름표를 달고 있었다. 맞은편에 앉은 안경 쓴 사마귀 같은 남자가 말을 걸어왔다. 아마 같은 질문을 참고 있었을 모두가 사사하라를 주목했다. 프로레슬러라는 사실을 아는 이는 아무도 없는 듯했다. 예전에는 매주 황금 시간대에 텔레비전에서 중계됐기에 중견 선수쯤 되면 세상 사람 대부분이 알아봤지만, 20여 년 전부터는 심야에 30분 정도로 편집한 시합 하이라이트만 내보낼 정도로 일본에서 프로레슬링의 인기는 저조했다. 사사하라가 두각을 나타내고 단체의 정점에 군림하기 시작한 때가 바로 그 시기였다. 때때로 버라이어티 프로그램에 병풍 역할로 불려 나갔지만 그 정도로 일반인들이 알아봐 주기를 바라기는 무리라는 사실을 사사하라 자신도 알고 있었다.

그렇다 해도 기분이 별로다. 예전같지 않다고 한들 너희 따위가 함부로 말을 걸어도 되는 사람이 아니다, 나는. 일반인 주제에 프로레슬러 우습게 보지 마라! 자신도 모르게 매서운 눈빛을 했는지 사마귀가 일순간 움츠러드는 듯했다. 그때 사마귀 옆자리 남자가 "어? 프로레슬러 사사하라 가즈히코 씨잖아요!?"라고 생각났다는 듯이 외쳤다.

"어? 프로레슬러!?"

사람들이 일제히 웅성거렸다.

"네, 뭐······."

사사하라 눈에서 힘이 풀렸나. 아무리 나이가 들어도 주변에서 프로레슬러임을 알아보면 기분이 나쁘지 않다. 사마귀가 옆자리 남자에게 물었다.

"유명한 분인가요?"

남자가 대답했다.

"유명하다고 해야 하나? '내가 최강이다!' 맞죠?"

비슷하지만 틀렸다.

"뭐, 그렇다 할 수 있죠."

사사하라는 모호하게 대답했다. 그러자 사마귀가

"허……허. 최강이라니, 대~단하네요. 최강……허~!"

말투에서 비웃음이 묻어났다. 좀 전에는 겁먹은 듯하더니 이제는 입장이 뒤바뀐 듯 무례한 말투다.

사사하라는 이해할 수 없었다. 최강이라는 말이 왜 우습단 말인가? 이놈들은 내가 무섭지도 않단 말인가? 강한 자가 정상에 군림하는, 실력만이 절대적인 세계에서 살아온 사사하라는 그들 머릿속 구조가 이해할 수 없었다.

"먼저 가겠습니다!"

양 주먹으로 테이블을 강하게 내리치자 테이블의 식기와 남자들이 일제히 펄쩍 뛰어올랐다. 까불고 있어! 그러니까 이런 모임은 싫다고 했잖아! 속이 메슥거렸다. 지하철역에 내려 집으로 걸어가는 길에 공원에서 노는 아이들의 목소리가 들렸다. 마음이 타락한 치들과는 아주 다른 순수한 목소리였다. 가면라이더의 변신 벨트를 허리에 두른 아이가 악당 역할 아이들을 상대로 싸우고 있었다.

가면라이더 놀이인가? 나도 옛날에는 곧잘 했다. 그리고 주인공 역은 절대로 누구에게도 양보하지 않았다. 사사하라는 걸음을 멈추고 잠시 아이들이 노는 광경을 바라봤다. 악당 역할 아이들이 고통스러운 연기를 하며 모두 쓰러지자 벨트를 두른 아이는 영웅이 된 기분에 심취해 어색한 포즈와 함께 소리쳤다.

"봤냐 이 악당들아! 세계 평화를 지켜냈다!"

사사하라는 웃음을 터뜨리고 말았다. 저 아이에게는 이 좁은 공원이 바로 세계인 것이다. 우물 속의……아이의 순수함에 마음이 정화되는 기분이었다.

이어 아이는 이렇게 외쳤다.

"이 세상에서 가장 강한 사람은 나란 말이다!"

그 순간 쿵! 세계가 흔들리는 소리가 나더니 지구의 자전이 일순간 멈췄다. 그리고 천천히 역회전하면서 태양이 올라온 방향으로 다시 기라앉고, 사사하라의 세계는 암흑 속에 갇혔다. 멀리서 와이어에 매달린 거대한 쇠구슬이 엄청난 기세로 날아온다. 암흑 속이지만 쇠구슬만은 뚜렷하게 보인다. 쇠구슬 한 가운데에는 흰 글씨가 큼지막하게 새겨져 있다. '창피한 줄 알아라.' 쇠구슬이 사사하라의 얼굴 한가운데 직격했다.

사사하라의 몸이 땅속 깊숙이 매몰된다. 세상에서 가장 강한……? 저 아이와 내가 뭐가 다르단 말인가!

어쩌면 '최강자는 나란 말이다!'란 캐치프레이즈에 함성을 지르던 팬들도 실은 나를 바보 취급하고 있었던 것 아닐까? 속으로는 모자란 놈이라고 생각하면서 어화둥둥 놀려 주고 있었던 것 아닌가? 그런 유치한 말을 나는 지금까지 잘도……지금까지 뱉어 온 그 말을 이제 와 주워 담을 방도도 없다. 어쩌면 좋을까? 이대로 땅속에 파묻힌 채 잠들고 싶다.

그때부터 링 위에서 캐치프레이즈를 입에 담기가 두려웠다.

"강하다고? 헤……그래서?"

"강하면 대단한 거예요?"

"나이도 먹을 만큼 먹은 남자가 한심하기는."

지금까지 인생을, 인격 전체를 부정하는 목소리가 귓가를 떠나지 않는다. 그러나 지금까지 관철해 온 자신의 철학을 이제 와서 철회할 수도 없는 노릇이다. 그리고 사사하라에게 '강하다' 이외에 자신을 대변할 가치는 아무것도 없었다. 도망칠 곳은 어디에도 없다. 이대로 '최강자는 나란 말이다!'를 외치면서 강인함을 추구해 나가는 길 외에는.

사사하라는 내면의 갈등을 누구에게도 들키지 않게 감춘 채 연습복으로 갈아입고, 언제나처럼 강한 남자로 변신해 링으로 향했다.

"도대체 어떻게 된 거야? 관객 입장까지 한 시간밖에 남지 않았는데!"

사사하라의 호통이 장내에 쩌렁쩌렁 울렸다. 링이 아직도 도착하지 않았다. 사상 초유의 사태다. 링에서 연습하지 못하는 것은 괜찮다. 그러나 자신이 간판을 맡고 있는 단체 전체의 망신은 사사하라로서 참을 수 없는 일이었다. 링을 트럭으로 옮기고, 설치하는 일을 담당하는 곤다는 사사하라와 같은 시기에 입사해 단체에서 뼈가 굵은 인물이다. 질문을 받은 젊은 스태프가 우물쭈물 대답했다.

"그게 곤다 씨 휴대폰도 없어서……"

"그 머저리 자식은 옛날부터 다른 사람들한테 폐만 끼치고!"

"……네?"

젊은 스태프가 고개를 갸웃했다. 그 몸짓은 사사하

라의 말에 동의할 수 없다는 의미로 느껴졌다. 마음에 들지 않는다.

"그 자식 나한테 줄곧 피해만 입히고 있다고!"

젊은 스태프가 눈썹을 팔자로 하고 "네……."하고 애매한 반응을 보였다. 그때 대회장 바깥쪽에서 다른 스태프가 외쳤다.

"링이 도착했습니다!"

스태프 뒤로 둥글게 말린 캔버스를 어깨에 짊어진 곤다가 뛰어 들어온다. 링이 놓일 위치에 캔버스를 내리더니 그 자리에서 무릎을 꿇고 사죄한다. "모두, 정말 미안하다!" 그 모습을 본 사사하라가 아무도 듣지 못할 작은 목소리로 중얼거렸다.

"젠장, 살아 있었냐……."

입 밖으로 내뱉고는 스스로 섬뜩했다. 나는 저 자식이 사고라도 나서 죽기를 바라고 있었던 것인가? 죽어버렸으면 좋겠다고 생각할 정도로 저 자식을 증오하고 있나? 신일본 프로레슬링의 간판인 내가? 저 괴물 같은 얼굴을 한 링 아저씨 따위를 이렇게까지 의식하고 있다고? 그러나 한편으로는 그럴 수도 있다고 담백하게 인정하는 자신이 있다. 모든 일의 시작은……사사하라의 뇌리에 30년 전 입단 테스트의 광경이 되살아난다.

30년 전. 사사하라와 곤다는 같은 날 입단 테스트를 치렀다. 체력 테스트에서 마지막까지 남아 최후 승자를 가리기 위한 스파링에 임했고, 사사하라는 곤다의 조르기 기술에 당해 패했다. 그때까지 가라테 시합에서 진 적이 없었고, 어쩌면 웬만한 프로레슬러보다는 자신이 강할지도 모른다는 자신감에 차 있던 사사하라로서는 충격적이고 비참한 패배였다. 유령 같은 몰골로 입을 다문 채 집으로 돌아갔다. 망연자실한 채로 시간을 보내고 있던 어느 날, 곤다가 교통사고를 당해 프로레슬링을 단념했고 그 결원으로 사사하라를 선발하겠다는 연락을 받았다. 괴물 같은 추남에게 패한 것도 모자라 대타로 입단한다는 사실에 거부감도 들었지만, 사사하라는 결국 입단을 선택했다. 그 자식이 나를 이긴 것은 우연에 불과했다는 억지스러운 자기합리화로 자신을 납득시켰다.

"모두 정말 면목 없지만, 오늘만 링 만드는 것 좀 도와줄 수 없을까!?"

선수, 스태프 일동에게 도움을 청하는 곤다의 목소리에 정신이 들었다. 모두가 곤다에게 호응해 리프트 쪽으로 달려간다. 오사카부립 체육관 제2경기장은 지하 3층에 있고, 지상층의 트럭에서 내린 자재를 리프트에 실어 경기장까지 내리는 구조로 되어 있다. 관객 입장까지는 앞으로 1시간. 장내에 있던 모두가 곤다를 도우려 나선다. 사사하라가 언짢은 목소리로 외쳤다.

"어이, 주목!"

모두가 움직임을 멈췄다.

"곤다, 링을 만드는 것은 네 일잖아!"

대회장 안에 정적이 흐른다. 일동이 동작을 멈추고 사사하라와 곤다의 눈치를 번갈아 보고 있다. 사사하라가 곤다에게 다가선다.

"그리고 왜 늦었는지에 대한 해명부터 해야 하는 것 아냐?"

곤다는 무릎을 꿇은 채 말없이 사사하라를 올려다볼 뿐이다. 그때 한 스태프가 시계를 보며 "관객 입장까지 한 시간도 남지 않았습니다! 어쨌든 링부터 어떻게든 만들어야 해요!"라고 금방이라도 울 것 같은 표정으로 외치자 고요했던 공기가 다시 움직이기 시작했다. 사사하라는 목소리를 낸 스태프를 노려보며 "젠장……어쩔 수 없네. 어쨌든 링부터 만든다. 전원 합세해!" 노골적으로 인상을 쓰면서 곤다의 옆을 지나 리프트로 걸어갔다.

링은 입장 시간 직전 아슬아슬하게 완성됐다. 이날의 사건은 선수 스태프 일동이 자재를 나르는 사진이 '링이 오지 않는다! 전대미문의 해프닝 발생!'이란 제목으로 프로레슬링 잡지에 실려 팬 사이에도 널리 알려지게 됐다. 그리고 이전부터 단체 내에 암묵적으로 떠돌던 사사하라와 곤다의 불화설이 이 사건을 계기로 수면 위로 떠오르게 되었다.

몇 달 후. 사사하라는 본가가 있는 하치오지에 머물고 있었다. 최근 몇 년간 몸 상태가 좋지 않았던 어머니가 갑자기 쓰러졌다는 소식을 듣고 달려간 것이었다. 의사의 진단은 '가벼운 빈혈'이었지만 다음날도 휴식일이었던 사사하라는 만일에 대비해 하루 더 본가에 머물렀다.

휴식일에도 트레이닝을 빼먹지 않는다. 오랜만에

돌아온 하치오지역, 북쪽 출구에 '골든 짐'이 영업 중이었다. 일본 전국에 지점을 거느린 본격적인 규모의 대형 체육관인 동시에, 신일본 프로레슬링의 공식 스폰서이기도 하다. 사사하라는 전국 어느 지점에서나 자유롭게 입장 가능한 명예 회원증을 갖고 있었다.

빌딩 5층에 위치한 체육관 접수처에서 회원증을 제시하자 남성 스태프가 잠시 사사하라의 얼굴을 들여다보더니 흥분을 감추지 못하고 "사사하라 선수시죠? 사인 부탁드려도 될까요!"라며 종이를 내밀었다. 미디어 노출이 줄었다고는 해도 역시 체육관에서는 프로레슬링이나 격투기 팬을 많이 만난다. 종이를 받아들고 사인을 하니 부탁을 덧붙인다.

"저, 혹시 괜찮으시다면 '최강자는 나란 말이다!' 멘트도 써주실 수 있을까요?"

"아……어."

최 강 자 는 나 란 말 이 다

쓰고 난 후 사사하라는 물끄러미 그 글자를 바라보았다.

"사사하라 씨, 무슨 일 있으신가요?"

"아, 아니……."

종이를 스태프의 손에 밀어 넣듯이 건넸다. 그리고 감사의 말을 가로 막듯이 "탈의실은 어디?" 강한 어조로 물었다. 스태프가 안내한 장소로 발걸음을 빠르게 옮기며 등 뒤에서 들려오는 "감사합니다!" 인사는 못 들은 척 무시했다.

탈의실에서 검은색 무지 티셔츠로 갈아입었다. 예전에는 어디서나 항상 프로레슬러임을 드러내는 복장을 즐겼지만 8년 전 모임 이후 눈에 띄는 복장은 일절 하지 않게 되었다.

탈의실은 아래층, 체육관은 위층에 있는 구조였다. 계단을 올라 체육관에 들어서니 방대한 숫자의 머신이나 프리웨이트 기구가 늘어서 있었다. 취미 수준으로 몸을 단련하는 듯한 사람들이 하나둘 기구를 만지작거리고 있다. 프리웨이트 공간에는 아무도 없었다. 거울 앞에 서서 W바 양쪽에 10킬로그램 플레이트를 달고 투 핸즈 컬[05]을 시작했다. 오늘은 팔을 단련하는

---

05 양손 손바닥을 앞을 향해서 바벨이나 덤벨을 잡고 양 팔은 밑으로 늘어뜨렸다가 그대로 팔꿈치를 굽혀서 어깨까지 들어올리는 운동.

날이다. 가벼운 무게로 시작해 점점 플레이트를 늘려 나갔다. 마지막에는 좌우에 각각 40킬로그램의 플레이트를 달고 바를 올렸다 내렸다 하기를 반복했다. 티셔츠에서 튀어나온 대포알처럼 굵은 팔뚝에서 거대란 알통이 쑥! 쑥! 융기한다. 등 뒤에서 경악하는 사람들의 표정이 거울에 비친다. 10세트를 마치고 역기를 랙에 되돌려 놓았다. 숨을 몰아쉬고 거울을 쳐다보자 구경하던 회원들이 황급히 시선을 돌렸다. 그러나 단 한 명, 고개를 돌리는 대신 가만히 사사하라를 응시하는 사람이 있었다. 여성이다. 분명 프로레슬링 팬일 것이다. 사사하라가 돌아보자 여성은 웃는 얼굴로 다가왔다.

"저, 혹시 프로레슬러 사사하라 가즈히코 선수 아니신가요?"

미모와 귀여움을 겸비한 건강한 얼굴이었다. 무엇보다 잘 단련한 몸이 보기 좋았다.

"네, 프로레슬링 팬이신가 봐요?"

"어머! 사실 저는 여자 프로레슬링을 좋아하고요, 아들이 사사하라 선수의 열렬한 팬이에요!"

역시 체육관이 최고야! 기분이 좋아진 사사하라는

'아, 그렇군요!'라는 듯 대흉근을 자랑스럽게 내미는 듯한 자세를 취했다. 그 후 왠지 모르게 다시 눈이 마주쳤을 때는 사사하라가 먼저 여성에게 다가가 트레이닝 노하우를 알려줬다. 프로레슬링 팬에게 이 정도 팬서비스는 해두는 편이 좋다. 게다가 여기는 본가가 있는 하치오지다. 슬슬 트레이닝을 마치려 사사하라가 매트 위에서 쿨 다운을 시작하자 여성이 살짝 긴장한 표정으로 다가왔다.

"저, 사사하라 씨. 좀 뻔뻔하지만 부탁이 있는데……괜찮으시다면 제 아들을 한 번 격려해 주실 수는 없을까요? 지금 중3인데 학교를 빠지지 않나 나사 빠진 생활을 하고 있어서요."

솔직히, 성가시게 됐다고 생각했다.

"어, 아드님도 지금 여기에 있나요?"

일부러 주변을 둘러보는 척했다. 없다고 하면 그대로 돌아갈 생각이었다. 아들이 올 때까지 기다리게 할 정도로 몰상식한 사람은 아닐 것이다. 그러나 여성은

"아니요, 지금은 학교에 있는데 슬슬 돌아올 시간이에요. 메시지를 보내서 체육관 밑에서 기다리라고 할게요. 지금부터 옷 갈아입고 출발하시기 전에 아들이

도착하면 만나서 한마디 해 주시고, 만약 제시간에 도착하지 못하면 물론 그냥 가시면 되고요! 사사하라 씨 어떤 말씀이라도 그 아이에게는 큰 힘이 될 거예요."

"아, 그렇군요! 그 정도야 어렵지 않죠!"

서둘러 옷을 갈아입고 체육관을 나가야겠다고 생각했다. 탈의실 앞에서 여성과 헤어져서는 씻지도 않은 채 허둥지둥 옷을 갈아입고 체육관을 나와 엘리베이터를 타고 지상으로 내려갔다. 문이 열리자 교복을 입은 연약해 보이는 소년이 벽에 기댄 채 사사하라를 기다리고 있었다.

"사사하라 선수, 오랜만이에요! 단둘이 만날 수 있다니 대단해요!"

소년이 눈빛을 빛내며 오랜 지인인양 말을 걸어왔다. 아마 대회장이나 어디서 단순한 팬서비스로 몇 마디 나눈 것을 과잉 해석해 멋대로 착각하고 있을 것이다.

"그리고 사사하라 선수, 얼마 전 제 유튜브 쇼츠에 좋아요 눌러 주셔서 감사합니다!"

"응? 아……."

인터넷 보급 이후 이런 식으로 일방통행하는 팬이

급증했다. 아직 학생이라고는 하지만 피하고 싶은 유형이다. 그리고 이런 유형의 팬에게 섣부르게 대응했다가는 곤란한 상황이 발생하기 일쑤란 사실을 사사하라는 알고 있었다. 긴장을 놓아서는 안 된다. 프로레슬링에 열중한 나머지 공부에 손을 놓고 고등학교에도 못가게 되면, 그 모든 책임을 자신에게 전가할 것이 분명하다. 그리고 인터넷에 어떤 악플을 달지……. 엄한 어조로 타일러야겠다.

"어머님께 얘기는 들었다. 고등학교도 안 가면 어떡해. 이제부터라도 열심히 공부할 거지?"

삽시간에 소년의 눈에서 빛이 사그라졌다.

"사사하라 선수께서도 곤다 아저씨와 똑같은 말씀을 하시네요……."

"곤다?"

순간 소년의 정체가 요괴나 유령이 아닐까 싶었다.

"지금 곤다라고 했냐?!"

무의식적으로 위협적인 목소리가 나왔다. 그러나 소년은 사사하라의 변화를 눈치채지 못한 것 같았다.

"그때는 저 때문에 사사하라 선수께도 폐를 끼쳐서……선수 모두가 링을 만들었다는 기사를 잡지에서 봤습니다. 죄송합니다!"

사사하라가 사건의 전모를 알고 있다는 투로 소년은 이야기를 이어 나갔다. 이 소년에게는 현실 감각이 결여돼 있다. 상세한 이야기를 끄집어내려면 상당한 품이 들 것 같다. 사사하라는 소년의 어깨에 손을 얹고 "방금 곤다에 관한 얘기, 자세히 들려주지 않을래?" 이번에는 지나칠 정도로 상냥한 어조로 물었다. 소년이 웃으며 고개를 끄덕였다.

사사하라가 발걸음을 재촉한다. 소년의 이야기를 전부 들었다. 사사하라로서는 이해할 수 없었다. 곤다는 왜 그때 단 한 마디 변명도 하지 않았던 것일까? 프로레슬링 팬인 소년을 회사 트럭에 태웠단 사실을 밝히기가 단지 꺼려졌을지도 모른다. 그러나 내가 봐도 그날 밤 소년을 위해 곤다가 취한 행동은 칭찬받아 마땅했다. 만약 나였다면 본업에 지장을 초래할 위험을 감수하면서까지 소년을 태워다 주거나 했을까? 마음속 깊은 곳으로부터 올라오는 '아닐 것'이란 부정적 사고를 억지로 '할 것'이라는 긍정적 사고로 바꾸려니 입맛이 썼다. 더욱이 동경과 존경은 차원이 다른 감정이라는 깨달음이 사사하라를 더욱 곤혹스럽게 만들었다. 곤다에 관해 이야기할 때 소년의 모습에서 느껴지는 감정은 분명히 후자였다.

"곤다 녀석⋯⋯대체 어디까지 나를⋯⋯!"

멀리서 자동차 경적이 울렸다. 아니, 바로 코앞이다. 더구나 자신을 향하고 있다. 빨간불에 건널목을 건너고 있었다.

"형씨, 죽고 싶어!"

금발 머리의 청년이 운전석 창문을 열고 외쳤다. 조수석에서는 선글라스를 낀 여자가 웃고 있다. 사사하라가 우뚝 멈춰 서서 남자를 노려보았다.

"⋯⋯헉!"

금발 머리는 순간 위축된 것처럼 보였으나 옆에서 여자가 입을 삐쭉 내밀고 몇 마디 내뱉자 받아 치듯 사사하라와 눈싸움을 한다. 사사하라는 남자를 노려보는 시선을 떼지 않으면서 미끄러지듯 천천히 인도까지 후퇴했다. 그때 시야 가장자리에서 자그맣고 빨간 사각형 물체가 튀어나와 사사하라의 옆을 지나갔다. 책가방이다! 동시에 금발 머리가 시선은 사사하라에게 머문 채 힘껏 액셀을 밟으려 하는 모습이 보였다.

"위험해!"

소리만 질렀을 뿐 사사하라의 몸은 움직이지 않았다. 그 순간 여러가지 생각이 사사하라의 머리속을 스쳐 지나간다. 부정적인 상상뿐이다. 교통사고……아이……중상……살인 방조……지위 상실……비난……마지막에 나타난 것은 섬뜩한 녹색 소용돌이가 이는 커다란 알이었다. 괴물 새의 알이다. 껍질에 균열이 가더니, 와작와작 갈라진다. 그리고 안에서 근육 덩어리가 나타났다. 곤다의 추악한 얼굴이다.

"……으악!"

곤다의 눈에 검은자는 없다. 그러나 사사하라는 곤다와 '눈이 마주쳤다'고 확신했다. 곤다가 빙긋, 옅은 웃음을 띠면서 두 갈래로 갈라진 붉은 혀를 날름 내민다. 흰자위가 사악하게도 치켜 올라가 있다.

"너……!"

어디까지……어디까지 나를 쫓아올 작정인가……죽여 버리겠어! 사사하라가 곤다의 얼굴에 달려들었다, 그 순간.

빨간 책가방이 시야를 한가득 채웠다. 반사적으로

끌어안았다. 급하게 브레이크를 밟는 파열음이 귓가에 울린다. 등에 엄청난 통증을 느끼면서도 끌어안은 작은 아이를 놓지 않은 채 지면을 몇 바퀴나 굴렀다.

 이번에는 눈 앞에 한줄기 푸른 하늘이 잠깐 보이더니 암흑으로 덮였다. 그리고 가슴팍에 안겨 꿈틀꿈틀 움직이는 아이가 내는 울음소리가 어둠 저편으로 점점 멀어져 갔다.

 도장 링 위에 섰다. 눈앞에는 추한 얼굴을 한 남자가 서 있다. "시작!" 익숙한 목소리가 들렸다. 아, 15년 전 세상을 떠난 스승 야마모토 코치의 목소리다. 살아 있었나……괴물 얼굴이 팔을 잡으려 접근한다. 오지 마! 추남! 왼발을 채찍처럼 휘두르니 여의봉처럼 쭉쭉 뻗어 나간다. 추한 얼굴의 오른쪽 절반을 정확히 걷어찼다. 절제 파리채로 수면을 탁! 내리치는 듯한 소리가 울린다. 왼발등이 추한 얼굴의 중앙부까지 파고들었다. 다리를 거두자 얼굴 절반이 푹, 빠졌다. 이어서 오른발을 든다. 이번에는 왼쪽 절반을 정확히 파고들어, 이제 추한 얼굴은 중심부만이 가늘게 남았을 뿐이다. 마지막으로 사력을 다한 왼발 앞차기로 남은 부분까지 날려 버렸다.

　흉측한 얼굴을 잃은 몸통이 서서히 매트 위에 무너져 내렸다. 그리고 꿈쩍도 하지 않는다. 봤냐, 내 힘을! 너는 여기서 죽을 운명이었다! 죽어라! 나를 위해! 알았냐 곤다! ……곤다? 그런가, 방금 곤다였나. 그 녀석은 지금, 여기서 죽었다. 이제 나를 위협하는 자는 세상 어디에도 없다. 무너진 곤다의 몸통이 파도에 쓸리듯 움찔움찔거렸다. 그 움직임에 맞춰 얼굴을 잃은 목덜미로부터 무언가가 바들바들 기어 나온다. 살색 덩어리……목덜미에서 솟아 나는 곤다의 추한 얼굴이 양수에 절은 태아와 같다. 다 나와서는 푸드득! 떨며 덮고 있던 얇은 막을 비말과 함께 날려 버렸다. 나타난 것은 새롭게 태어난 곤다의 추한 얼굴이었다. 재생을 마친 곤다가 벌떡 일어선다. 그 순간 모든 빛이 사라지고 암흑이 찾아왔다. 빛이 없는 세계에서 곤다만이 옅은 웃음을 띠고 낡은 형광등 같은 빛을 발하며 다가온다……"아악! 오지 마! 오지 마! 아아아악!"

　암흑이 쩌억 갈라지면서 하얀 천장이 나타났다. 저

승……? 그러나 공기 중에 미묘하게 풍기는 알코올이나 약품 냄새에서 살아 있음을 실감했다. 저승이 아닌가? 상반신을 일으켰다. 침대 안이다. 사방을 둘러보니 병원이다. 창문으로 햇빛이 비치고 있다. 기억을 더듬어 본다. 헉! 몸을 움직여 보았다. 무사했다. 이전에도 몇 번 경험한 적 있는 타박상으로 인한 통증이 등에 남아 있는 정도를 제외하면 어디에도 이상은 없는 것 같다.

"어휴……."

숨을 크게 쉬었다. 그리고 무언가의 기척에 고개를 돌려 보았다. 추한 얼굴……흰 꽃다발을 든 곤다가 서 있다.

"으아아아악!"

간담으로부터 터져 나온 비명을 목이 찢어져라 외쳤다. 아직 꿈 속인 것일까? 황급히 도망치려다 침대 머리맡에 뒷통수를 찧었다. 현실의 통증이었다.

"왜, 왜 그래!?"

"뭐하는 짓이야!"

곤다는 양손으로 꽃다발을 고쳐 잡고 "뭐 하는 짓이냐니……." 슬픈 표정을 지어 보였다.

사사하라는 꽃다발을 가리키며 외쳤다.

"내가 죽기를 바라는 거지!"

입에 담은 그 말을 최근 어디선가 들은 것 같은 기분이 들었다.

"무슨 소리야!? 병문안 온 거잖아!"

"헛소리하지 마! 그 흰 꽃다발은 뭔데?"

"아아, 좀 그런가……?"

멍청한 놈 같으니!

"나가! 두 번 다시 오지 마!"

"……"

곤다는 꽃다발을 든 채 등을 둥글게 말고 병실을 나갔다. 사사하라는 침대에서 내려와 창문을 활짝 열었다. 불어오는 바람에 곤다가 남기고 간 공기의 입자까지 씻겨 나가는 듯하여 상쾌했다. 병실에 놓인 둥근 의자 위에서 누군가가 놓고 간 신문이 바람에 날려 바스락거리고 있었다. 흘끔 보이는 '사사하라'라는 글자에 이끌려 집어 들었다. 펼쳐 보니 신문 1면에

[최강자는 나란 말이다! 프로레슬러
사사하라 가즈히코 아이의 생명을 구하다!]

위험을 무릅쓰고, 용기, 진정한 강인함……기사에는 사사하라를 칭찬하는 문구가 넘쳐났다. 사사하라 개인뿐만 아니라 신일본 프로레슬링 단체 이미지 제고까지 기대할 만했다. 기사는 '아이는 무사하지만 사사하라의 의식은 아직 돌아오지 않았다.'는 문장으로 마무리되어 있었다. 머리를 가만히 흔들어 보았다. 역시 몸에 이상은 없는 듯하다. 그러나 자신만이 알고 있는 진실이 있다. 실은 아이를 구하려 한 것이 아니다. 곤다를 퇴치하고 싶었을 뿐이다. 그 사실은 누구도 알아서는 안 된다. 사사하라는 사지에서 살아 돌아왔더니 또다시 궁지에 몰린 기분이었다. 곤다 탓에……그리고 그때 붉은 혀를 날름거리며 도발했던 곤다는 진실을 알고 있다. 이렇게 된 이상……양손에 든 신문을 자신도 모르게 갈기갈기 찢어 버렸다.

 한밤중의 신일본 프로레슬링 도장. 링 한가운데 사사하라가 홀로 서 있다.
 시합용 코스튬을 갖춰 입고 검은 머리는 물기에 젖어 있으며 온몸에는 오일을 발라 형광등 불빛에 윤기가 흐른다. 팔짱을 끼고 우뚝 서 있다. 이마에는 '필승'

이 새겨진 머리띠를 두르고 있다. 그곳에 곤다가 등장했다.

"이 시간에 나를 왜 불러내서……어!"

완벽한 실전 코스튬, 넘치는 살기, 무언가에 홀린 눈빛.

"뭐 하자는 거야?"

당황하는 곤다에게 사사하라가 외친다.

"링에 올라와!"

자신을 땅속 깊숙이 봉인하고 있던 바위의 저주를 깨뜨릴 때가 왔다.

"너, 현역 챔피언이 링 아저씨 상대로 제 정신이야?"

조금이라도 허점을 보이면 곤다의 얼굴은 그때 악몽 속에서 봤던 추한 얼굴로 변신할 것이다.

"닥쳐! 나를 괴롭힌 죗값이다! 죽을 각오는 돼 있겠지!"

흰자를 번뜩이는 사사하라의 눈.

"미친 거 아냐!"

곤다는 도장에서 뛰쳐나가려 했다.

"도망치지 마!"

훌쩍 링에서 뛰어내려 도움닫기를 한 후 내지른 사사하라의 날라차기가 곤다의 뒤통수를 직격했다. "끅……!" 안면이 격돌한 유리창에, 곤다의 얼굴을 한 수증기가 거미줄처럼 뻗어 나갔다. 그리고 그 중심부에서 검붉은 방울이 뚝뚝 떨어졌다.

"지금 여기서 죽어!"

"푸흡!"

무릎을 꿇은 채 사사하라를 돌아보는 곤다의 입인지 코인지 모를 부위에서 검붉은 비말과 거품이 동시에 터져 나왔다. 미끈하게 빛나는 입술로 추정되는 부분이 얕은 물에서 헤엄치는 올챙이처럼 씰룩씰룩 움직였다.

"역시……너는……강해……사사하라……."

"뭐, 뭐라고?"

"약한 녀석은……무서운 존재와는……싸우려조차……."

악몽에서 본 얼굴로 변하려는 예감이 들었다. 왼발 돌려차기를 곤다의 얼굴에 꽂았다. 수박을 발로 차는 듯한 느낌이었다. 곤다는 얼굴부터 바닥으로 무너지듯 쓰러졌지만, 다시 꿈틀꿈틀 상반신을 일으켜 세웠다.

"그런 녀석들뿐인 세상에서……너는……."

곤다가 자신을 칭찬하는 말을 내뱉는 이유를 사사하라로서는 도저히 알 수 없었다. 그래서 두려웠다.

"자……잘난 척하긴! 그럴듯한 말로 용서받을 속셈인거지!?"

이번에는 오른발 돌려차기를 반대쪽 얼굴에 꽂았다. 역시 수박을 발로 차는 느낌이었고, 붉은 속살이 튀었다. 무너진 곤다는 그래도 또 한 번 흔들흔들 상반신을 일으켜 세웠다. 사사하라가 절규한다.

"왜……왜 일어나는거야? 왜!!"

"나한테는 아무것도 없어……고통마저……그러나 동기……네가……자랑……."

"뒈……뒈져 버려, 괴물 같으니!"

악몽이 재현됐다. 사사하라는 날라차기로 곤다의 얼굴 한가운데를 차고 들었다.

"푸흑!"

곤다가 마지막으로 쓰러졌다. 피를 뒤집어쓰고, 얼음처럼 빛나는 땀으로 엉망진창이 된 몸을 휘청이며 얕은 호흡을 내뱉는 사사하라의 발치에 널브러졌다. 만신창이로 짓뭉개진 수박을 얹은 몸통이 꼼짝도 못하고 누워 있다. 도장 옆 합숙소에서 여럿이 요란하게 달려오는 발소리가 들린다.

"무슨 일……악!"

그 자리에 얼어붙는 젊은 선수들. 사사하라가 하늘을 향해 외쳤다.

"안돼, 아무것도 바뀐 게 없잖아!"

고라쿠엔 홀. 사사하라로서는 사고 후 첫 시합이었다. 소녀를 구한 화제의 인물 사사하라의 복귀전에는 초만원 관객이 들어찼다. 사사하라는 이날도 압도적인 힘을 과시하며 메인 이벤트에서 승리한 후 마이크를 잡았다.

"진정한 강자!" "용자 중에 용자!" "시대의 영웅!" "우리들의 자랑!"

사사하라를 칭송하는 언어의 향연. 끓어오른 관객의 열기가 한 김 식자 사사하라가 천천히 입을 열었다.

"의식을 찾지 못하고 있을 때, 병원 침대 위에서 저는 꿈을 꾸었습니다."

장내가 한층 더 조용해졌다. 다음 말을 입 밖에 내

도 좋을지 사사하라는 조금 망설여졌다. 하지만 일단 고백하면 무언가 달라질 것 같다는 예감이 더 강했다.

"꿈속에서 저는 저승사자와 싸우고 있었습니다……솔직히 이번에는 지는 것 아닌가 나약한 기분이 들기도 했습니다. 여러분! 인간은 나약한 존재입니다, 저도 마찬가지입니다!"

사방팔방에서 "그렇지 않아!" "사사하라는 강하다!"는 외침이 날아들었다. 그런 말이 아냐! 라고 반박하고 싶은 기분을 참으며 사사하라는 말을 이었다.

"그러나! 인간은 그런 나약한 자신과 싸워 이겨내야 합니다! 그러지 않으면 길은 열리지 않아요! 저 역시 싸워 이겨내고 이 링으로 돌아왔습니다! 그러니까 지금, 가슴을 펴고 당당히 외치겠습니다!"

단숨에 외친다.

"최강자는, 나란 말이다!"

관객의 엄청난 환호를 받으며 사사하라는 모든 것을 다시 시작했다. 인생의 모든 것을.

그리고 화려한 스포트라이트에 빛나는 사사하라를, 남의 눈을 피하는 듯 대회장 구석 입장 커튼 뒤에 숨어 여기저기 붓고, 멍투성이, 반창고투성이 추한 얼굴을 한 곤다가 바라보고 있다는 사실을 관객 누구도 알지 못한다. 링에서 내려온 사사하라에게 수많은 카메라가 몰려든다. 프로레슬링 관련 미디어뿐만 아니라 화제의 인물의 복귀전을 취재하러 온 일반 잡지, 신문사까지 여느 때보다 많은 숫자의 카메라다. 팬들도 몰려 대기실로 돌아가는 사사하라의 주위에는 사람 울타리가 여러 겹 생겼다.

"사사하라 선수! 저예요! 여기요, 여기!"

사람 울타리 가운데서 한 아이가 손을 흔들고 있다. 뭐야, 저 꼬맹이는? 어디서……아, 하치오지 체육관에서 만났던 소년이다. 소년의 눈가가 붉게 물들어 있다.

"저, 감동헸어요! 사사하라 선수처럼 강해질 거예요!"

눈물에 흠뻑 젖은 목소리로 외친다. 이놈이나 저놈이나 제 멋대로 해석하고 하고 싶은 말만 늘어놓는다. 어쩔 수 없이 가볍게 손을 들어 호응한 후 사람 울타리를 뚫고 입장 커튼을 통과했다. 객석에서는 보이지 않는 무대 뒤편, 그제서야 곤다의 모습을 발견했지만, 내색은 절대 하지 않는다. 보이는 곳에서 보이지 않는 곳으로. 그리고 대기실로 향하는 계단을 내려가면서 사사하라는 생각한다. 완력, 권력, 영향력……세상에는 강자로 인정받기 위해 필요한 다양한 힘이 존재한다. 그러나 어떤 종류의 힘이든 간에 그것은 어떻게 보면 타인의 시각에서 인정하는 세간의 평가에 불과하다. 그런 애매모호한 요소 어디에 진실이 존재할까? 겉으로 보이는 것만이 그 사람에 관한 진실일까? 인간 누구에게나 이면이 있다. 그러나 동시에 인간은 세상 속에서 타인과 더불어 살아갈 수밖에 없는 동물이다. 그렇다면 세상이 평가하는 그런 자신을 계속해서 연기하는 수밖에 없는 것일까? 일단 고민은 여기서 접기로 하자. 부질없는 짓이다. 커튼 밖 스포트라이트 속 나도, 지금 커튼 속 어둠으로 향하는 나도 전부 프로레슬러 사사하라니까……그럼 언제까지 이런 괴로움을 안고 살아가야 하는 걸까?

"죽을 때까지……려나."

사사하라는 혼잣말을 남기고 또다시 고독이 기다리는 대기실로 들어갔다.

최종장

꿈의 행방

두 달 전 일이었다. 쇼고의 어머니 고토에가 경영하는 여성 전용 체육관 맞은편에 대형 프랜차이즈가 운영하는 유사한 여성 전용 체육관이 문을 열었다.
"여기까지 어떻게 왔는데! 비열한 상술에 당할 수 없어!"
처음에는 당당하게 맞서 보려 한 고토에였다. 그러나 불과 몇 주 만에 눈 뜨고 보기 힘들 정도로 심신이 피폐해졌다. 회원 유출을 막을 도리 없는 악화일로에, 운명의 장난 같은 사건이 그녀에게는 결정타였다. 고토에의 인생을 바꿨다 해도 과언이 아닌 동경의 대상 여자 프로레슬러 줄리아나가 프랜차이즈 체육관 광고 모델로 기용된 것이다.

[당신의 인생을 바꾸는 체육관]

 선전 문구와 줄리아나가 인쇄된 커다랗고 휘황찬란한 현수막이 어느 날 아침, 고토에의 체육관을 내려다보고 있었다. 그날 밤 다크 서클이 축 늘어진 고토에가 쇼고에게 "더는 안 되겠어……"라고 항복을 고했다.

 석양이 어둑어둑한 현관 앞. 쇼고는 모처럼 이른 시간에 이삿짐센터 아르바이트에서 돌아왔다. 가지런히 놓인 고토에의 구두 옆에 아무렇게나 벗어 던진 듯한 빨간 하이힐이 나뒹굴고 있었다. 어두운 복도 안쪽에서 큰 목소리와 작은 목소리가 들렸다.
 "다들 똑같이 얘기해……결국 망할 줄 알았어……꼴 좋다……."
 "몇 번을 말해도 그러네! 아무도 그런 소리 안 한다니까!"
 "인터뷰에 응하는 게 아니었어……그때부터 질투

니 원망을 사서……."

"쓸데없는 소리하지 말고! 이제는 앞일을 생각해야지!"

작은 목소리는 어머니가 틀림없다. 큰 목소리는 누구일까?

처음 듣는 여성의 목소리다. 어투가 조금 점잖지 않은 느낌의.

"다녀왔습니다!"

쇼고는 일부러 큰 목소리로 인사했다. 낯선 목소리의 인물이 앉은 자세를 바로잡는 기척이 느껴졌다. 어둑어둑한 거실. 소파에 걸터앉은 어머니의 모습이 낡은 초상화 같다. 쇼고를 돌아보는 여성은 빨갛고 요란한 옷을 입고 있다. 긴 생머리에 화장은 짙다. 이런 화려한 차림새의 친구가 어머니에게 있었던가?

"나츠코라고 합니다. 쇼고 군 얘기는 어머니께 많이 들었어요!"

다츠코가 일어나 턱을 내밀고 꾸벅 인사했다. 미인인 것도 같고, 아닌 것도 같다. 젊은 듯하지만 그렇지도 않은 것 같기도 하고……알 수 없는 사람. 체육관 사업을 접은 후, 불안정한 어머니의 내면이 표출된 듯한 인물이다.

"죄송해요. 어머니가 폐를 끼치고 있는 것 같아서……."

"아니, 아니! 나는 원체 친구 일에 모른 척 못 하는 사람이라. 이제는 나가볼 시간이기도 하고."

외모가 주는 인상과 같이 횡설수설한다. 쇼고가 무슨 말을 해야 할지 곤란해하고 있을 때 다츠코가 손에 쥔 스마트폰이 진동했다.

"아, 잠깐만."

화면을 확인한 다츠코는 "또 취소냐!"며 술에 취한 아저씨 같은 어투로 화를 냈다. "칫칫……." 혀를 차면서 답장을 쓰고, 아무도 묻지 않았음에도 지금 자신에게 생긴 일을 떠들어댄다.

"남자 친구인데 오늘 야근이라 못 만나겠대! 이 자식은 항상 이런 식이라 패주고 싶어! 아……나 언제나 아저씨들하고만 떠들다 보니 말투가 이래. 미안!"

쇼고는 그만 웃음을 터뜨리고 말았다. 전송 버튼을 누른 다츠코의 손가락이 멈추더니 금세 답장이 온 듯하다.

"어……미안 미안, 이게 다야? 사과에 성의도 없

어……이 등신이, 뭐가 미안하다는 거야? 거짓말쟁이 같으니!"

다츠코는 손으로 답장을 쓰면서 보통 처음 만난 상대에게는 꺼내지 않을 얘기를 주절주절 늘어놓았다.

"내 남자 친구는 유부남이야. 그러니까 이른바 불륜이지. 자기가 잘난 줄 아는 재수 없는 놈이지만, 미디어 관계 일을 하고 있다니까 언젠가는 연줄 삼아 데뷔할 수 있지 않을까 싶어서 만나주고 있어."

"어, 다츠코 씨는 연예인이 되고 싶은 건가요?"

"응, 그 밖에도 여러 가지. 칼럼니스트라든가 성우라든가 유튜버라든가."

"남자 친구는 연예기획사라도 다니는 거예요?"

"자세한 얘기는 안 하지만 뭔가 TV에 관련된 일이라고 했어."

그새 현관문이 열리는 소리가 났다. 역시 간만에 일찍 귀가한 다이치가 복도 끝에서 걸어 들어왔다. 손에 쥔 스마트폰을 노려보며

"등신이 뭐야, 덜떨어진 여자 같으니!"

혼잣말을 내뱉는다. 그리고 고개를 들었다.

"……어!?"

다이치와 다츠코가 목구멍 깊숙한 곳으로부터 같은 소리를 냈다. 서로 얼굴을 마주한 채 굳어진 모습이 한 쌍의 석상과 같다. 고개 숙인 고토에는 그런 두 사람의 이변을 눈치채지 못했다. 순식간에 상황을 이해한 쇼고가 '나가!'라는 눈짓을 다이치에게 보냈다.

"아 맞다! 깜빡했네! 큰일 날 뻔했어, 회사로 다시 가야지. 아 큰일 날 뻔……."

다이치는 혼잣말을 중얼거리면서 얼음장 같은 공기가 깨지기라도 하듯 졸졸 뒷걸음질 치더니, 밖으로 뛰쳐나갔다.

"이게 뭐야……삼류 드라마도 아니고."

가만히 두면 다츠코가 또 방금 일을 설명할 것 같은 예감이 들었기 때문에 쇼고는 어머니에게 "바래다주고 올게!"라고 외친 후 몰아세우듯 다츠코와 함께 집을 나섰다.

하늘은 완전히 어두워져 있었다. 쇼고의 집에서 하치오지역으로 가는 길, 1급 하천 아사카와강 강변에 늘어선 건물 불빛이 검은 강의 표면에 흔들리면서도 떠내려가지 않고 떠 있었다.

"쇼고 군, 나를 경멸하지?"

쇼고는 지금까지 누군가를 경멸한다는 느낌이 들어 본 경험이 없었다. 정확히는 관심 없는 대상에 대해서는 경멸하는 마음도 존경하는 마음도 가져 본 적이 없다는 표현이 맞을 것이다.

"아니요, 다츠코 씨에 대해 아직 전혀 모르니까요……그보다 아버지가 가전 판매 일을 하면서 TV에 관계된 일을 한다 했다니 그게 웃겨요."

"음……."

다츠코는 기지개를 켠 채 강변에 몸을 뉘었다.

"나도 이제 진심으로 하지 않으면, 이제는……."

진심. 그러나 쇼고는 다츠코가 진심이란 무엇인지 조금도 알지 못한다는 생각이 들었다. 예전에 곤다에게 들었던 '너 그거 동경에 불과해'란 말이 지금도 귀에 맴돌고 있다.

동경에 노력을 더할 때, 비로소 진심이 된다. 그리고 꿈을 이룰 수 있다. 그런 것이다. 15살에 이미 꿈을 갖고 있던 나는 대견했는지도 모른다. 그저 동경에 불과하다고 단칼에 거절당했지만. 그러나 언젠가 시작하려는 마음만 간직한 채 게으름 피우는 동안, 또래들은 이미 앞서 나가고, 진심으로, 무언가를 이루고 있다.

그런 그들을 먼발치에서 바라보는 동안 쇼고는 무력해졌다. 지금은 이삿짐 아르바이트로 일당을 벌면서 하루하루 막연히 살아갈 뿐이다.

"하지만 진심으로 한들 우리 엄마처럼 실패하면 아무 의미 없죠."

최근 이런 말을 곧잘 입 밖에 낸다고 스스로 생각하면서도 툭 내뱉었다.

"아니, 그렇지 않을지도 몰라."

딱히 동의를 구하는 말은 아니었지만, 다츠코의 대답은 의외였다.

"잘 알 수는 없지만, 고토에 씨를 보면서 해 보고 안 되면 그만두면 되는구나 생각했어. 왜냐하면 어쩔 수 없잖아, 안되는 것은. 하지만 그편이 아무것도 안 하는 것보다는 훨씬 낫지 않아?"

과연 그럴까? 쇼고로서는 알 수 없었다. 찜찜한 기분은 다츠코가 횡설수설한 탓으로 돌리기로 했다.

토끼 일러스트가 '왔다!'라고 말하는 이모티콘을 보낸다. 상대는 니시무라 유코. 잠시 후 같은 토끼가 '간다!'라고 말하는 이모티콘이 돌아왔다. 두 사람의 채팅은 언제나 두 개의 이모티콘을 번갈아 보내는 것에 그치고 있다.

아파트 로비의 자동문이 열렸다. 니시무라 유코는 단발머리에 딱히 특징이 없는 희고 둥근 얼굴이다. 하늘색 후드티에 청바지를 즐겨 입고 화장 같은 것은 일절 하지 않는다. 그래도 자세히 보면 어린아이티는 나지 않는다.

"배고파?"

"응, 쇼고는?"

"배고파. 오늘도 편의점 들러서 문어 공원 갈까?"

"응."

너무 가깝지도 멀지도 않은 거리를 유지하면서 두 사람은 편의점에 들러, 각각 좋아하는 먹거리를 사 들고 아사카와강 근처 공원으로 향했다.

연분홍빛이 바랜 거대한 문어 미끄럼틀이 있는 공원. 두 사람은 그곳을 문어 공원이라고 불렀다.

어쩌다 시간이 맞을 때만 두 사람은 함께 시간을 보낸다. 중학교를 졸업하고 몇 달 후부터 그랬다. 어느 날 낮에 집 근처 마트에서 장을 봤을 때 쇼고는 계산대에서 낯익은 얼굴과 마주쳤다. 같은 반이었던 니시무라 유코였다. 유코는 쇼고 반에서 고등학교에 진학하지 않은 유일한 여학생이었다. 성적이 그다지 우수하지는 않았지만 형편없지도 않았고, 집이 가난하거나 왕따인 것도 아니었다. 평범한 이름처럼 호감도 비호감도 아닌, 공기와 같은 존재였다. 학교 다니는 중에는 아무런 접점도 없었다. 3학년 2학기가 되어 고등학교 진학이 화제가 될 무렵, 방과 후 진학 설명회가 열린 날이었다.

"고등학교 진학자는 꼭 참가할 것."

담임의 그 말은 쇼고에게 '고등학교 안 가는 놈은 빨리 집에나 가라'는 뜻으로 들렸다. 모두가 강당으로 향할 때 쇼고는 신발장 앞에서 유코와 마주쳤다.

"아……고등학교 안 가는구나."

"응, 어울리지 않으니까."

어울리지 않는다. 다녀 본 적도 없는 고등학교에 '어울리지 않는다'는 표현은 어색했기 때문에 집단생활에 적응하기 힘들다는 의미인가 생각했지만, 아무래도 상관없는 일이었기에 금방 잊어버렸다. 그 후 졸업까지 두 사람이 대화를 나눈 일은 없었다. 그리고 마트의 계산대를 사이에 두고 재회한 것이었다.

사귀는 것도, 특별히 공감대를 갖고 열띤 대화를 하는 사이도 아니었다. 그저 왠지 모르게 같이 있고 두서없는 얘기를 나눴다. 딱 그 정도 관계였다.

한 번은 유코와 나는 사귀는 것일까? 의식하게 된 쇼고가 자신도 모르게 유코를 떠본 적이 있었다. 유코가 말했다. "있잖아, 그만둬 줄래? 적응 안 되니까." 그 후 유코를 연애 대상으로 생각하는 일은 없었다.

아직 유치원에 갈 나이도 안 된 아이를 동반한 엄마, 노인, 잠시 휴식을 갖는 작업복 차림의 중년. 그런 사람들로 가득한 평일 낮 공원에 원래는 학교에 가 있어야 할 나이의 두 사람이 벤치에 앉아 있는 모습은 이질적이었다.

"오늘은 날씨가 좋네."

"응, 좋네."

슬슬 차가워진 바람이 낙엽을 빙글빙글 그러모았다. 두 사람은 그 광경을 멍하니 바라보았다.

"아침저녁으로 벌써 쌀쌀해."

"응, 추워."

그저 무덤덤하게 살아왔고, 앞으로도 그렇게 살아갈 듯한 두 사람의 시간은 무엇 하나 서두르는 법 없이 무심히 흘러갔다. 인근 고등학교 교복을 입은 남학생이 조퇴라도 한 것인지 기침을 심하게 하면서 건너편 길을 지나갔다.

"고등학교에 간 녀석들은 지금쯤 어떨까?"

"음……공부가 쉽지는 않겠지. 우리가 편하지 않을까?"

"그렇지, 편하지……."

그리고 두 사람은 말이 없었다. 편의점 봉투에서 빵을 꺼낸 유코는 "아, 맞다."하고 무언가 생각난 듯 중얼거렸다. 유코의 그런 행동은 드물었기 때문에 쇼고는 자신도 모르게 "무슨 일이야?"하고 물었다.

"다음 주부터 마트 그만두고 북쪽 출구 빵집에서 일해."

"어……왜?"

"우연히 아르바이트 모집을 봤어. 옛날부터 캐릭터 빵 좋아했으니까. 언젠가 제대로 된 빵집에서 일해보고 싶기도 했고."

"……그렇구나."

"하지만 먹는 건 어쩐지 불쌍해."

쇼고는 설명하기 힘들지만 머릿속 어딘가 존재하는

스위치가 눌린 기분이었다. 유코가 평범해 보이는 빵을 둘로 쪼갰다. 안에는 크림이 꽉 차 있다. 겉보기와 달리 내용물은 충실하다.

"그런데 나도 좋아해, 프로레슬링."

무의식적으로 입 밖으로 나온 말이었다. 도대체 뭐가 '그런데'란 말인가? 자신은 유코와 경쟁이라도 하려는 것일까? 무엇을 두고? 대화의 맥락을 스스로도 잡기 힘들었다.

"그렇구나."

유코는 그 이상 말하지 않고 빵을 깨작거렸다. 어쩌면 지금 유코는 무언가 알고 있는지도 모른다. 그래서 자신이 의미를 알 수 없는 말을 내뱉은 것인지도 모르겠다고 쇼고는 생각했다.

"좋아해……프로레슬링."

달리 할 말을 찾지 못해, 같은 말을 되뇌일 수밖에 없었다.

"쇼고도 해보지 그래?"

"응?"

순간 쇼고의 눈에 비친 유코가 무언가를 감춘 신비한 소녀에서, 세상사 아무것도 모르는 백치 소녀로 변신했다.

"프로레슬링, 좋아하잖아."

"어……."

"졸업하고 나서 많이 자랐네."

"키?"

"응."

"응, 맞아……."

중학교 시절 옆자리에 앉으면 거의 같은 높이였던 유코의 얼굴이 이제는 한참 아래에 있다.

"할 수 있을까?"

"모르지."

"그렇지……."

바람이 그러모은 낙엽이 빙글빙글 돌고 있다. 싱거운 대화를 마친 두 사람은 말없이 그 광경을 바라보고 있었다.

다운 재킷 주머니에서, 꽉 움켜쥔 스마트폰을 꺼낸다. 추운 공기에 손이 곱기 전에 토끼 이모티콘을 보낸다. 답장이 왔다. 잠시 후 자동문이 열리고 하늘색 코트를 입은 유코가 나왔다. 쇼고가 처음 보는 코트였다.

"새로 샀어?"

"그저께 샀어. 좋은 일이 있었으니까."

좋은 일이 있었으니까.

코트를 본 순간 쇼고는 그런 예감이 들었다. 찬 바람이 불고부터 두 사람의 행선지는 하치오지역 북쪽 출구 상점가에 있는 햄버거 가게 2층이었다. 작년 겨울에도 마찬가지였다.

"좋은 일이라니, 뭔데?"

자리에 앉자마자 쇼고는 참고 있던 질문을 던졌다. 유코에게 일어난 '좋은 일'이 틀림없이 자신을 궁지로 몰 것이다. 그런 예감이 들었지만 매도 먼저 맞는 편이 낫다는 기분이었다. 문득 정신을 차리니 눈앞 햄버기 포장지를 유난히 소심스럽게 펼치고 있었다.

"정식으로 일하기로 했어, 빵집에서."

"아……."

포장지를 펼치던 손이 멈췄다.

"나, '이런 빵은 어때요?'란 느낌으로 병아리와 망고를 합친 것 같은, 전부터 머릿속에 있던 캐릭터 빵의 일러스트를 그려서 제안해 봤는데. 그게 귀엽다고 평가가 좋아서. 그 이미지에 딱 맞는 맛도 구상해 놓고 있었고. 파인애플과 망고를 혼합한 트로피컬 느낌의 맛. 그 빵이 엄청나게 잘 팔려서 점장님께서 완전 신이 나셔서는! 이번에 하치오지 지역 신문에도 실린다고 하고. 점장님께서 '정규직으로 제대로 일해보지 않겠냐'고 먼저 제안하시더라고. 지난 주부터는 빵 만드는 법도 배우는데, 나 재주가 있대. 이제부터 본격적으로 만들어 보려고 해!"

유코가 쉬지 않고 떠드는 것도, 이렇게 웃는 얼굴로 이야기하는 것도, 그래서 이토록 마음이 싱숭생숭한 것도 전부 쇼고에게는 생경한 일이었다.

막 펼쳐 놓았던 포장지를 자신도 모르게 다시 감싸고 있었다. 도대체 난 뭘 하고 있는 걸까? 손을 멈췄다. 여차하면 고함으로 터져나올 것 같은 목소리를 목구멍에서 삼키면서, 황폐한 마음에서 조각난 말을 주워 담아 이어 붙여야 했다. 재빠르게.

"취업……정해졌다니 다행이네."

간신히 본심을 감출 수 있어서 다행이었다. 쇼고는 태연한 척 축하하는 것으로 자존심을 아슬아슬하게 지킬 수 있었다. 그러나 다음 할 말이 궁했다. 제멋대로 입이 움직였다.

"있잖아, 실은 나도……."

"응?"

"나도……프로레슬러 테스트에 도전해 보려고 해."

허세, 거짓말쟁이, 경박하기까지. 내가 아닌 누군가의 목소리를 듣는 기분이었다.

"대박!"

"그래서 말인데……."

"응?"

"시간이 없어!"

쇼고는 자리를 박차고 일어나 유코를 돌아보지도 않고 가게를 뛰쳐나갔다. 시간이 없다. 무엇을 위한 시간? 아무것도 준비되지 않은 백지 상태였다.

햄버거 가게를 뛰쳐나온 쇼고는 무작정 이삿짐센터 사무실로 달려갔다.

"무슨 일이야? 오늘은 비번이잖아."

"점장님! 저 정규직 시켜 주세요!"

"응? 그러니까 항상 얘기했잖아. 너 성실한 거야 두

말하면 잔소리고 대형 면허만 빨리 따면 정규직으로 채용하겠다고."

"네, 하지만……만약 프로레슬링 테스트에 합격하면 그만두게 해 주세요!"

"무슨 뚱딴지 같은 소리야!?"

자신의 속내를 털어놓을 시간조차 쇼고에게는 부족했다. 저것도, 이것도, 무엇이든, 지금 바로 시작해야 한다!

그날 밤 쇼고는 중학교 졸업 후 처음으로 노트를 펼쳤다. 언젠가는 쇼고가 공부하지 않을까 미련을 버리지 못한 어머니가 사다 놓은 노트가 몇 권이나 있었다. 내 생각과 상황을 글로 써서 정리해 보자. 떠올리는 데 그쳐서는 좀처럼 정리가 되지 않았다. 너무 많은 생각이 뒤죽박죽 얼기설기 섞여 있었다.

오랜만에 연필을 쥐었다. 우선 노트 중앙에 '나'라고 쓰고 동그라미를 그렸다. '나'의 위로 화살표를 뻗어 '프로레슬링'이라고 쓰고, 다시 동그라미를 그린다. 그 옆에 '되고 싶다'고 적어 본다. 글씨를 쓰는 감각을 손이 완전히 잊고 있다. 지나치게 힘이 들어간 엄지손가락의 뿌리 부분을 주물러서 풀어주었다. 그러자 정작 프로레슬러가 되고 싶은 이유는 생각해 본 적이 없다는 사실을 깨달았다.

"아……."

'좋아하니까'라고 적으려다가 손을 멈추고, 방에 혼자 있는 것을 새삼 확인한 후 머릿속에 떠오른 이미지를 천천히 언어로 변환했다. '강하고, 멋지고, 유명해질 수 있으니까'. 쇼고는 그때 처음 깨달았다. 자신이 강하고, 멋진 존재로 유명세를 얻고 싶어 한다는 사실을. 그러나 그것만이 아닌 것 같았다. 시험 삼아 '이유 따위 필요 없이 좋아하니까'라고 써 보니 그럴 듯했지만, 가장 중요한 **무언가**가 빠진 듯한 기분이 들었다.

"그렇다 치고……."

다음 페이지 중앙에 '어떻게 하면 될까?'라고 쓰고 위로 뻗는 화살표 끝에 '입문 테스트'라고 적었다. 그 옆에 '해야 할 일은 무엇인가?'라고 이어 나갔다.

"아, 맞다."

스마트폰으로 신일본 프로레슬링 홈페이지에서 신입 모집 항목을 열어 보았다.

[응모 자격: 신장 175cm 이상. 체중 불문. 16~22세의 건장한 자. 매년 봄, 가을에 2차례 입단 테스트 실시]

이미 알고 있었지만 일단 확인한다. 조건은 모두 충족했다. 이번 봄 테스트를 목표로 하자. 그렇다면……

'스쿼트', '팔굽혀 펴기', '복근', '브리지'라고 쓰고, 잠시 생각한 후 지금까지 동영상이나 기사에서 본 입단 테스트 내용을 되짚어 '대시', '스파링'을 덧붙였다. 그리고 계속해서 써 나간다.

'스쿼트 500회, 팔굽혀 펴기 100회, 복근 200회, 브리지 3분.'

'대시'에 관해서는 잘 몰랐기 때문에 '50m x5'라고 썼다. '스파링'은 '부딪혀 보는 수밖에'라고 덧붙였다. 이 모든 것이 가능하다면 합격할 수 있다. 봄 입단 테스트는 매년 3월 초에 있다. 아직 넉 달 가까이 남았다.

내일부터 아르바이트에서는 조금이라도 무거운 것을 솔선수범해서 운반할 것. 아르바이트가 끝나면 종목별 특훈을 수행할 것을 스스로에게 과제로 부여한다. 프로틴도 먹는 편이 좋을까? 그런 문제라면 어머니가 잘 알고 있을 것 같다. 아, 체육관에 다녀도 좋겠다! 아직 아무것도 시작하지 않았지만 어쩐지 기분이 좋다. 이런 감정은 쇼고의 인생에서 처음 느끼는 것이었다. 지금까지 무엇이든 계획적으로 실천한 적은 한 번도 없었다. 가슴이 두근거리는 경험이었다. 열아홉 살을 목전에 두고 쇼고는 처음으로 노력이 무엇인지 깨달았다. 아직 다이어리를 쓴 것에 불과하지만 착실하게 무언가를 향해 나아가기 시작했다는 기쁨이 마음속 깊은 곳으로부터 끓어올랐다. 머릿속에는 유코를 중심으로 중학교 때 반 친구들 얼굴이 떠올랐다. 쇼고는 프로틴과 체육관에 관해 어머니에게 물어보기 위해 아래층으로 내려갔다.

거실에서 TV를 보고 있는 어머니의 뒷모습이 보였다. 찌그러진 맥주캔 3개가 테이블 위에 나뒹굴고 있다. 체육관을 닫은 후 어머니가 그때까지는 마시지 않던 술을 매일 밤 마시고 있다는 사실을 쇼고는 알고 있었다. 날씬했던 등이 둥그스름해진 것이 후드티 위로도 보였다. 옆으로 돌아 들여다보니 어머니는 의자에 앉은 채 잠들어 있었다.

턱살이 늘어져 있었다. 사람들 앞에 나서지 않게 된 이후로는 미용실에 가는 횟수도 줄어 들었고, 머리카락 뿌리가 허옇다. 어느새 이렇게 잔주름이 늘었을까? 감긴 눈 밑으로 다크 서클이 두드러진 것은 최근의 마음고생 때문일까?

"……엄마."

작은 목소리로 불러 보았지만 일어날 기미는 없었다. 마음고생……표현하지는 않았지만 자신 때문에 줄곧 걱정 근심에 시달리고 있었는지도 모른다. 고등학교에 가지 않겠다고 자신이 선언한 그때부터. 쇼고는 어머니에게 담요를 덮어주고 조용히 2층 방으로 돌아갔다.

다음 날. 이삿짐센터에서 쇼고는 원룸 이사를 담당했다. 중년 선배 사원과 둘이서 팀을 이뤘다. 냉장고도 옷장도 모두 소형이었기 때문에 혼자서 옮겨 보기로 했다. 이삿짐 박스를 운반할 때도 도중에 머리 위에 올려 본다든지 일부러 팔에 부담이 가도록 바닥에서 건져 올리듯이 들어 본다든지 이런저런 시도를 했다. 그러자 '이 일을 해서 다행이다' 감사한 마음이 들었다. 돈도 벌면서 꿈에 가까워질 수 있다. 쇼고는 지금, 태어나 처음으로 착실하게 목표를 향해 나아가고 있다.

"쇼고, 라멘 좋아하지?"
"네, 물론입니다!"
이삿짐을 실은 트럭이 국도변 라멘집에 들어섰다. 주차장에 트럭 몇 대가 서 있다. 붐비는 가게 안에 마침 2인용 테이블이 비어 있어 마주 앉았다.
"쇼고는 뭐로 할래?"
"도이 아저씨는요?"
"쇼유 라멘 하나면 돼. 요즘 자꾸 배가 나와서 절제하고 있어."
도이는 웃으면서 배를 쓰다듬었다.
"여기요!"
점원이 주문을 받으러 왔다.
"쇼유 라멘 하나랑……저는 챠슈멘 곱빼기랑 군만

두랑 공깃밥 주세요."

점원이 주문을 확인하는 동안 도이는 쇼고의 얼굴을 물끄러미 바라보았다.

"쇼고 너 항상 라멘 한 그릇이었으면서 웬일이야? 안 그래도 오늘 뭔가……일도 열심이었고. 무슨 일 있는 거냐?"

"아, 그런가요? 다른가요? 평소랑은!"

"어어, 요전까지와는 전혀 달라."

쇼고가 생전 처음 느끼는 기쁨이었다. 자기 행동이 남에게 인정받는 것만으로 이렇게 기쁠 수 있다니. 예전 동영상이 화제가 됐을 때와는 확실히 다른 벅찬 감정이었다. 그때는 기쁨은 잠시 '조회수가 더 오르지 않으면', '언제까지 사람들이 봐줄까?', '다음 동영상도 빨리 올려야 해'와 같은 강박에 시달린 끝에 마음의 병을 얻었다. 그러나 이번에는 다르다. 자신에 대해 잘 아는 사람이 인정해 주었다. 온라인 세계와는 차원이 다른 보람이 있었다.

"도이 아저씨, 저 프로레슬러가 되려고 해요."

"오?!"

도이에게 속내를 털어놓지 않을 수 없었다.

"프로레슬러라니……네가 프로레슬링 좋아하는 거야 잘 알지만 쉽게 될 수 있는 게 아니잖아! 대체 언제부터 그런 생각을 한 거냐?"

"어제부터요! 하지만……진심이에요! 저는. 그래서 무거운 짐도 나르고 밥도 많이 먹으려고요."

도이는 잠시 팔짱을 끼고 침묵하더니, 잠시 후 "부럽네……."라고 중얼거렸다.

"네?"

"나 같은 중년 아저씨는 말이야, 하고 싶은 일을 끝내 찾지 못한 거지. 그래서 어쩌다 보니 이 나이 먹도록 이삿짐센터에서 일하고 있는 거야. 주변에는 그저 그런 놈들뿐이고. 하지만 하고 싶은 일을 찾았다 한들 진심으로 도전해 보기는 했을까? 모르겠어."

쇼고는 자신 역시 아직 아무것도 이루지 못했다는 부끄러움이 앞서 다음 할 말을 찾지 못했다. 주문한 음식이 나왔다.

"그러니까 쇼고는 훌륭해!"

"엣!"

도이가 갑자기 큰소리를 내며 테이블을 두드리는 바람에 점원이 쟁반을 엎을 뻔했다.

"아, 미안 미안. 자, 먹자!"

"네, 잘 먹겠습니다!"

도이는 나무젓가락을 쪼개 라멘 위에 얹힌 차슈를 집어 쇼고의 사발로 옮겼다.

"어……괜찮은데요."

"난 배가 나왔으니까. 빨리 먹기나 해."

도이는 쇼고와 눈도 마주치지 않은 채 후후 면발을 불고 후룩후룩 라멘을 삼켰다. 변하고 있다. 결심하고, 계획을 세우고, 아직 아무것도 이루지는 못했지만 분명한 목표를 갖고 나아간다. 단지 그것만으로도 인생이 바뀌기 시작했다. 국물 위 둥둥 뜬 기름이 반짝반짝 빛나고 있다. 쇼고는 도이가 준 차슈로 면발을 듬뿍 감아, 뜨거운 것은 개의치 않고 단숨에 입안에 밀어 넣었다. 라멘 맛이 지금까지와 다르게 느껴졌다.

아르바이트를 마치고 집에 돌아온 쇼고는 옷장에서 운동복을 찾았다. 오늘부터 특훈을 시작한다. 중학교 체육복이 있었다. 입어 보니 너무 작았다. 다른 옷이 없는지 옷장 안쪽을 뒤져 보았다.

"아……."

옷장 구석에 곤다 아저씨가 준 빨간 수건이 있다. 그때 쇼고는 결국 시험을 보지 못했다. 미끄러지듯 교실에 들어갔을 때 시험은 이미 시작돼 있었다. 만약 곤다 아저씨가 주는 빨간 수건을 받지 않고 그대로 교실로 뛰어갔다면 어땠을까? 아니다, '교복도 안 입고 뭐 하는 짓이냐!'고 담임의 불호령을 들었다. 어차피 결과는 다르지 않았을 것이다. 결시한 사실이 내신에 치명상을 남겼고, 또 학교는 믿을 수 없는 곳이라는 배신감이 쇼고 마음에 깊은 상처로 남아 고등학교에 진학하지 않는 길을 선택했다.

그 시절을 기억에서 지우고 싶었다. 떠올리고 싶지 않았다. 그래서 곤다 아저씨와 보낸 시간도 잊기 위해 빨간 수건을 장롱 속 깊숙이 넣어둔 채 꺼내 보지 않았고, 프로레슬링을 관전하러 가도 회장 한쪽에 위치한 곤다 아저씨를 애써 외면했다.

그때 이후 처음으로 수건을 만져 본다. 뻣뻣한 촉감이 울퉁불퉁한 곤다 아저씨의 얼굴을 떠올리게 한다. 얼굴에 대고 냄새를 맡아본다. 나프탈렌 냄새가 난다. 그리고 곤다 아저씨가 혼자 살고 있을 낡은 목조 빌라의 냄새. 그날 밤 있었던 일이 주마등처럼 머릿속을 스쳐 지나간다.

"으아아아!"

쇼고가 고함을 질렀다. 그리고 팬티 외의 옷은 모두 벗어 던지고 미친 듯이 스쿼트를 시작했다. 목에 빨간 수건을 걸고, 힘들어지면 수건 끝을 이로 악물면서.

다음 날 아침. 온몸이 아프다. 눈을 뜨기 전부터 쇼고의 의식은 엄습할 통증을 감지하고 있었다. 눈을 뜬다. 온몸의 근육이 떨리고 있다.

"윽……!"

다리, 가슴, 등, 배, 팔, 목덜미, 온몸의 근육이 아팠다. 어젯밤 미친 듯이 스쿼트를 시작한 쇼고는 의외로 간단히 100번을 채웠다. 어라? 그대로 100번을 더 했다. 도중부터 힘에 부치긴 했지만, 첫 스쿼트부터 200번을 해낸 것에 쇼고는 몹시 흥분했다.

기세를 몰아 팔굽혀펴기에 도전했다. 11번밖에 못했다. 낮에 소형이기는 해도 혼자 냉장고도 옮긴 팔이다. 사용하는 근육이 다른 것이다. 꾸준히 해 나가는 수밖에 없다. 무릎을 꿇으면 좀 더 쉽게 가능하다는 점을 깨닫고 그 자세로 20회 3세트를 채웠다. 다음으로는 복근. 위로 누워 무릎을 기역 모양으로 구부리고 상반신을 일으켰다. 그때 허벅지에 경련이 일어났다. 이어 등에도 경련이 일더니, 가슴, 팔의 앞쪽 뒤쪽도, 걸레를 쥐어짜듯 어디를 어쩌면 좋을지 모를 정도로 강한 경련이 온몸에 일어났다. 결국 어디를 뻗으면 어디는 아픈 것을 참아가며, 한 부위씩 풀어주는 수밖에 없었다. 홀로 악전고투한 어젯밤이었다.

"아파 죽겠네."

잠시 아르바이트를 쉴지 고민했다. 그러나 어제 도이 아저씨에게 선언한 이상 절대 빠질 수는 없다. 앓는 소리를 내며 시간을 들여 양말을 신었다. 바지는 바닥에 펼쳐 놓고 자벌레가 이동하듯 주저앉은 채 한쪽씩 다리를 넣었다. 상의를 입는 것 역시 고역이었다. 벌써 하루치 제력을 소진한 듯한 피로감이 몰려왔다. 현관에서는 허리를 굽힐 수 없어 신발을 구겨 신은 채 집을 나섰다. 간신히 이삿짐센터에 도착했을 때는 업무 개시 시각 직전이었다. 평소에는 보통 30분 전에는 도착했기 때문에 도이 아저씨가 오늘은 어쩐 일이냐고 말을 걸어왔다.

"어제 트레이닝을 너무 열심히 해서. 아, 아파!"

"그래? 괜찮냐?"

오늘도 둘이서 작업하는 소형 이사였다. 쇼고는 비명도 기합도 아닌 괴상한 소리를 질러가며 짐을 옮겼다. 무거운 짐은 거의 도이 아저씨가 옮겨 줘서 다행이었다. 오전 짐 싣는 작업을 마치고 점심시간, 두 사람은 국도변 우동집에 들어섰다.

"난 어묵 우동이랑 미니 닭고기 덮밥 세트."

"네! 여기요! 어묵 우동이랑 미니 닭고기 덮밥 세트, 그리고 고기 우동이랑 미니 돈가스 덮밥 세트. 고기 우동은 곱빼기로 부탁드려요!"

도이는 미지근한 보리차를 한 모금 마시더니, 고통스러운 표정으로 신음을 내는 쇼고에게 말을 걸었다.

"이봐, 쇼고."

"네."

"짐 들면서 이상한 소리 내면 손님이 불안해하잖아."

"아, 죄송합니다……."

쇼고는 훌륭해! 어제 도이 아저씨는 말했다. 그래서 내가 노력하는 동안은 어느 정도 너그럽게 봐줄 것이다. 쇼고의 내면에 자리 잡은 응석을 도이 아저씨가 꿰뚫어 본 것 같아 부끄러워 견딜 수 없었다. 도이가 말을 잇는다.

"그리고 말이야. 착각하지 마. 네 꿈이 뭐든 다른 사람은 아무 상관 안 하니까."

어제 그렇듯 자신을 치켜 세워주었던 도이 아저씨가 하는 말이라고 믿을 수 없었다. 혹시 꿈을 좇기 시작한 자신에 대한 질투는 아닐까? 하지만 그렇지 않았다.

"아, 물론 난 널 응원한다. 그렇지만, 뭐라고 하면 좋을지. 꿈을 좇는 건 너야. 남이 아니야. 그러니까 전부 스스로 짊어져야 하는 것 아닌가? 즐거운 일도, 힘든 일도. 어떤 경우든 간에 다른 사람에게 어리광을 부리면 안 되는 것 아냐? 난 꿈 같은 걸 가져 본 적이 없으니 잘 알지 못하지만."

주문한 음식이 나왔다. "오, 왔다, 왔다!" 도이 아저씨가 일부러 쾌활한 목소리를 내는 것 또한 자신에 대한 배려라고 쇼고는 생각했다. 잠시라도 '질투' 같은 착각을 하다니, 도이 아저씨에게 미안해서 어쩔 줄 몰랐다.

"이것도 먹어라."

도이가 닭고기 덮밥을 쇼고에게 내밀었다.

"도이 아저씨……."

"오후부터는 다시 기운 내는 거다!"

"네!"

더는 말이 필요 없었다.

한 해가 저물고 있다. 오늘은 이삿짐센터의 종무식이 있다. 사원과 아르바이트가 총출동해 택배 분류 작업을 마치고 나니 오후 8시가 넘었다. "모두 한 해 동안 고생 많았습니다!" 지점장의 인사에 모두가 웃는 얼굴로 "감사합니다!"라고 화답했다. 여기저기서 어디로 마시러 갈지 떠드는 들뜬 목소리가 들려왔다. 쇼고는 망설이고 있었다. 오늘 정도는 특훈을 쉬어도 되지 않을까? 하고. 연말을 맞아 급증한 작업과 연일 계속되는 특훈으로 극심한 피로에 시달리고 있었다. 그러고 보니 어느 프로레슬러가 인터뷰에서 '휴식도 용기'라고 말한 것이 떠올랐다. 누군가가 어깨를 두드린다. 돌아보니 도이 아저씨였다.

"오늘은 시간 좀 내지 그래?"

"어, 무슨 일 있으세요?"

쇼고가 프로레슬러를 목표로 퇴근 후 트레이닝에 몰두하고 있다는 사실을 도이는 물론 직원 모두가 알고 있었다. 그럼에도 시간을 내달라고 할 때는 무언가 중요한 용건일지도 모른다. 도이는 히죽 웃더니 "손해 볼 일은 없으니까 따라와!"하고 일방적으로 이야기를 끝냈다. 휴식도 용기……쇼고는 도이의 뒤를 따랐다.

그대로 퇴근하는 줄 알았더니 도이는 사내 휴게실로 향했다. 야간작업 중 휴식을 취하고 싶거나 한밤중 회사로 복귀한 사원들이 선잠을 자는 장소였다. 녹슨 컨테이너를 적당히 개조한 간소한 구조였다. 알루미늄 샷시의 유리문 너머로 몇몇이 떠드는 소리가 들렸다.

"도이 아저씨, 여기서 뭘 하나요?"

"이렇게 된 거지."

도이가 미닫이문을 열자 자욱한 담배 연기 속에서 아저씨 냄새가 훅 풍겼다.

"오, 왔네, 왔어! 미래의 챔피언! 어서 들어와."

이삿짐센터 사원 중에도 도이와 특히 사이가 좋은 세 사람이 있었다. 테이블 위에는 맥주병과 커다란 소주병, 안주가 펼쳐져 있다. 진작부터 부어라 마셔라 하고 있는 듯하다.

"쇼고, 나이가 몇이지?"

도이와 가장 친한 쿠마가와가 불콰한 얼굴로 물었다.

"……열여덟이요."

"그럼 당연히 마실 수 있지! 난 열세 살 때부터 마셨다고!"

쿠마가와는 굵은 팔뚝으로 거대한 소주병을 가볍게 들어 컵 안에 콸콸 붓더니 단숨에 들이켜고는 "크핫! 자, 앉아라. 오늘은 너에게 기운을 불어넣는 날이다!"라며 정면의 자리를 가리켰다. 술내가 쇼고의 얼굴까지 풍겨 왔다.

투우장의 소처럼 쇼고는 어찌해야 할 줄을 몰랐다. 생애 첫 술자리였다. 모두가 자리에 앉자, 각자 눈앞에 술이 가득 담긴 컵이 놓였다. 쇼고의 인생 첫술은 맥주였다. 도이가 건배사를 했다.

"그럼 쇼고가 프로레슬러가 되기를 응원하며! 건배!"

"힘내라!"

"쇼고 할 수 있어!"

"자. 얼른 마셔 봐!"

될지 안 될지 몰라요! 라고 외치고 싶었지만 모두의 시선을 받으니 우선 손에 든 잔부터 비우지 않을 수 없었다. 숨을 멈추고 컵의 반 정도를 단숨에 쏟아부었다. 목구멍을 통과한 맥주가 위장까지 도달하는 순간. 크하……처음 느끼는 감각이었다. 앞으로 인생에서 마실 술이 담긴 거대한 우물의 마중물을 붓는 기분이다. 그러나 이 '크하!'하는 감각은 아마 이번 한 번뿐이다. 이제 두 번 다시 느끼지 못할 그 감각을 다시 맛보기 위해 앞으로도 계속 술을 마시고, 되찾을 수 없다는 사실을 깨달았을 때는 어느새 일상적으로 마시고 있을 것이다. 쇼고의 첫술은 그런 예감을 품은 술이었다.

"잘 먹네. 알딸딸하지 않아?"

"네. 그 정도는 아니에요."

이미 맥주 1병은 마셨을 텐데 쇼고는 그다지 취하지 않았다. 그러고 보니 아버지도 마실 때는 꽤 마시는 편이지만 취한 모습은 거의 보지 못한 것 같다.

쿠마가와가 새빨개진 얼굴로 눈을 가늘게 뜨고 웃

었다.

"쿠마 씨는 젊었을 때 무엇이 되고 싶었어?"

네 사람 중 가장 온화한 성격의 코다마가 물었다.

"나? 그런 게 있었을 리가! 아버지가 이사 일을 하고 있었으니 나도 이사 일을 하게 된 거지. 그러는 코다마는 어떤데?"

"난 말이야. 경마 기수가 되고 싶었어, 실은."

모두가 일제히 "호!"하고 경탄했다. 쿠마가와만은 "나는 마권을 사는 쪽……."이라고 중얼거렸지만.

"그런데 될 수 없었지."

"왜요?"

꿈을 이루지 못한 이유를 쇼고는 알고 싶었다.

"기수 못지않게 되고 싶은 것이 있었으니까."

그게 뭐야! 하고 쿠마가와가 야유했다.

"아니, 말하기도 부끄럽지만……배우가 되고 싶어서. 학원에도 다녔지만 영 안 되더라고!"

쑥스러운 듯 웃는다.

"그럼 왜 다시 기수를 목표로 하지 않았어요?"

쇼고가 고개를 살짝 숙인 코다마의 옆얼굴에 대고 물었다.

"기수가 되려면 스무 살 전에 양성 학교에 입학해야 했어. 그런데 배우가 될 수 없다는 현실을 깨달았을 때는 이미 너무 늦어서……그러니까 꿈을 좇을 수 있는 시간은 정해져 있는 거야, 쇼고 군."

코다마는 쇼고의 이름 뒤에 '군'을 붙여 불러주는 유일한 사원이었다. 4명 중 가장 어린 타치바나가 "크……코다마 씨의 지나간 청춘시대구나!" 술에 취해 과장된 어조로 중얼거렸다. **꿈을 좇을 수 있는 시간은 한정되어 있다.** 코다마의 그 말에 쇼고는 인생에 심어진 타이머의 남은 시간을 처음으로 의식했다. 앞으로 얼마나 시간이 남아 있는지 알 수는 없지만, 타이머는 이미 작동하고 있다……틀림없는 사실이었다.

얼굴이 불콰해진 쿠마가와가

"쇼고! 그럼 슬슬 가볼까!?"

자리에서 일어나니 모두가 얼굴을 마주 보며 히죽거렸다.

"가본 적 없지, 너?"

"어……어디를 말이에요?"

쿠마가와는 휘청거리면서 테이블을 돌아 쇼고에게

오더니 팔을 잡아 일으켜 세웠다.

"가자."

쿠마가와의 눈에 핏발이 서 있다. 쇼고는 소름이 돋았다. 쿠마가와의 눈빛을 보니 불길한 예감이 들었다.

"파친코밖에 더 있냐!"

쇼고는 잡힌 팔을 뿌리치려 했지만, 쿠마가와의 손은 떨어지지 않았다.

"싫어요, 싫어! 노름에 쓸 돈 없어요!"

"한 번쯤은 괜찮잖아! 윽!"

힘이 너무 들어 간 쿠마가와가 균형을 잃고 비틀거렸다. 그 참에 쇼고는 도이 일행에게 빠르게 "내년에도 잘 부탁 드려요!" 감사 인사를 남기고 목례를 한 후 휴게실을 뛰쳐나갔다.

"쇼고, 쉴 때는 쉬어야 한다!"

"힘내!"

"으……응원한다!"

"난 파친코 갈 거다! 이 자식아!"

쇼고는 그대로 한동안 내달렸다. 도이 일행의 마음 씀씀이가 고마워, 쭉 달리고 싶은 기분이었다. 서늘한 바람이 달아오른 얼굴을 식혀 주어 기분이 좋았다. 하지만 금세, 술 마시고 운동하면 평소보다 훨씬 빨리 숨이 찬다는 사실을 깨달았다. 발을 멈추고 양 무릎에 손을 짚었다.

"헉, 헉, 헉······?"

눈앞에 팔랑팔랑 희고 작은 결정이 떨어진다. 고개를 드니 가로등 불빛이 빛나는 밤하늘로부터 꽃보라처럼 하얗게 흩날리는 눈송이. 맞은편에서 걸어온 커플 중 여성이 "예뻐!"라고 외치며 남자의 팔짱을 끼고, 향수 냄새를 허공에 남기고 지나쳐 간다. 그 냄새에 쇼고의 마음이 동한다. 눈 속으로 사라지는 커플의 뒷모습. 유코를 떠올렸다. 그러고 보니 어떻게 지내고 있을까? 시계를 보니 10시가 넘은 시각이다. 이미 폐점 시각을 한참 넘겼지만 다리는 멋대로 유코가 일하는 빵집으로 향했다.

"어?"

빵집이 아직 환하게 불을 밝히고 있다. 천천히 다가간다. 'CLOSE' 팻말이 걸려 있다. 뒷정리 중인가? 이렇게 늦게까지? 들여다보니 가게 안에는 아무도 없었지만, 안쪽 주방에 흰 가운을 입고 서 있는 여성 두 명이 보였다. 한 명은 유코, 나머지 한 명은 점장인가? 옆모습이 보이는 여성은 무언가 작업을 하는 유코를 지켜보고 있다. 쇼고는 자기도 모르게 몸을 숨겼다. 그리고 두 사람이 눈치채지 못할 위치에 숨어 다시 한 번 안을 들여다보았다.

유코의 모습. 흰 셔츠에 긴 데님 스커트, 머리에는 빨간 두건을 쓰고 있다. 뒷모습만 보여 확실치는 않지만 밀가루를 반죽하고 있는 것 같다. 두 사람의 대화는 들리지 않는다. 무성 영화를 라이브로 보는 기분이다. 유코의 등이 조금씩 움직이더니 멈춘다. 무언가를 완성한 것일까? 여성은 유코의 손 근처를 확인한 후 기쁜 듯 엄지손가락을 치켜세운다. 유코의 얼굴이 여성을 향한다. 그 순간 쇼고의 시간이 멈췄다. 무언가 다르다. 유코의 입술에 빨간 립스틱이 발려 있다.

"……!"

유코의 빨간 입술이 움직였다. 여성에게 무언가 말하고 있다. 여성이 대답하자 유코는 힘차게 고개를 끄덕이고 다시 작업을 시작했다. 쇼고는 조용히 자리를 떴다. 유코는 이제 예전의 유코가 아니다. 어엿한 사회인……까지는 아닐지 모른다, 아직은. 그러나 어른들과 대등하게 일하기 시작했다. 쇼고는 그렇게 느꼈다. 빨간 립스틱이 증거였다. 패배감은 들지 않았다. 나도 틀림없이 나아가고 있으니까. 눈은 이미 그쳤다.

"오늘은……이만 돌아갈까."

이럴 때 술을 마시는구나, 쇼고는 생각했다. 그래서 어른들은 술 마시는 횟수가 점점 늘어나는구나 하고. 편의점에서 1캔……그리고 어머니를 위해 2캔. 총 3캔을 사서 돌아가기로 했다. 어머니가 늘 마시던 츄하이[06]를 세 캔 집어 계산대로 갔다. 다행히 미성년자라는 사실을 들키지 않았다.

집에 도착하니 아버지가 거실에서 홀로 TV를 보며 마시고 있었다. 쇼고는 어머니를 위해 산 츄하이를 아버지에게 주기로 했다. 어떤 표정을 지을까? 아직 남아 있는 취기가 쇼고를 부추겼다.

"마실래?"

"응……?"

츄하이를 눈앞에 두고 다이치는 쇼고의 얼굴과 캔을 번갈아 바라봤다. "뭐냐 이게?" 경계하는 표정이다.

---

06   소주에 탄산과 과즙을 넣은 저렴한 술

"……히히히!"

쇼고는 어색해서 괜히 웃어 보였다. 기억하는 한 몇 년 만에 아버지와 대화를 나누는 것이다. 그리고 오늘을 계기로 아버지와 관계도 개선될지 모르겠다는 예감이 들었다. 어쩌면 드라마나 영화에서 보는 부자와 같이 될지도 모른다 생각하니 쑥스러운 기분마저 들었다. 다이치는 쇼고의 얼굴을 가만히 들여다보다가

"너, 술 취했구나!?"

어쩐지 기뻐하는 듯한 반응이다. "자, 어서 앉아!" 건너편 의자에 앉으라고 재촉하더니 "언제부터 마신 거야?"라고 연달아 묻는다. 오랜 시간 물살을 막고 있던 무의미한 제방이 무너진 듯이. 아니 무의미한 듯 보여도 실은 의미 있는 세월이었는지도 모른다.

고토에는 외출 중인 것 같지만 쇼고는 목소리를 낮춰 물었다.

"저기, 다츠코 씨와는 어떻게 됐어요?"

다이치는 인상을 쓰며 "아, 오디션을 볼지도 모르니 관계를 끝내겠다는 메시지가 오더니 그걸로 끝났어. 질기네, 이 오징어!" 아무래도 좋다는 듯 오징어 다리를 물어뜯는다.

"무슨 소리하는 건지. 아무튼 주제를 모른다니까."

"주제요?"

"자신이 뭐라도 될 수 있다고 착각하고 있어. 될 리가 없는데."

쇼고는 소름이 돋았다. 아버지는 무언가 좌절한 경험이라도 있는 것일까? 물어보니

"요전에 있었어."

"요전에?"

현관 앞에서 네발로 기는 아버지를 어머니가 내려다보던 지난날의 기억이 떠올랐다.

"눈물 없이 들을 수 없는 이야기지. 힉!"

어느새 고토에가 거실에 들어서 있었다. 위아래 트레이닝복을 입고 흐트러진 호흡을 가다듬고 있다. 상기된 얼굴에 땀에 젖은 머리카락이 뺨에 달라붙어 있다.

"디, 당신도 마실래?"

"헉, 헉. 아니, 안 마셔. 이제는."

이마의 땀을 수건으로 훔친다.

"이제는?"

"응. 휴우······방에서 복근 운동 좀 하고 올게."

거친 숨소리가 복도 안쪽으로 사라졌다. 고토에를

곁눈질하던 다이치는 엉거주춤 기지개를 켜더니 "이제는 그만두면 좋겠는데……슬슬 잘까." 털레털레 거실을 나갔다. 쇼고는 경탄하는 마음으로 방금 어머니의 옆얼굴과 빵집에서 본 유코의 옆얼굴을 동시에 떠올렸다. 두 사람은 닮았다. 무엇이? 어쩌면 여성 특유의 강인함이 닮았는지도 모르겠다고 생각했다.

해가 밝았다. 쇼고의 시간에 가속도가 붙기 시작했다. 가을에 특훈을 시작할 때는 절대로 무리일 것 같았던 스쿼트 500회를 아무렇지 않게 해낼 수 있게 됐다. 하루에 30개씩 횟수를 늘린 결과 생각보다 간단히 500회를 달성했다. 하체는 습관과 의지의 힘으로 단련할 수 있었지만 팔굽혀펴기는 연속 40회가 한계였다. 그 이상은 아무리해도 늘어나지 않았다. 그래도 실전 테스트 때는 평소 이상의 힘을 발휘할 수 있지 않을까? 좀 뻔뻔할지 몰라도 할 일은 착실히 하고 있기에 그런 낙관적 기대도 가능했다. 할 일은 하고 있다. 만약 그래도 안 되면 그때는 어쩔 수 없는 것이다. 그때 아사카와강 강변에서 다츠코가 한 말은 이런 의미가 아니었을지 이제 와 생각한다. 입단 테스트 응모

서류도 보냈다. 회신은 금방 왔다. 테스트는 3월 13일, 신일본 프로레슬링 도장에서 있다. 시간은 쏜살같이 흐른다.

　입단 테스트 3일 전. 휴가를 받아 이날부터 아르바이트를 쉬기로 했다. 쇼고는 오랜만에 고라쿠엔 홀을 찾았다. 매일 특훈으로 바빴기 때문에 테스트를 받기로 결심한 후 첫 관전이었다. 마지막으로 기분을 고양하고 싶었다. 뚜렷한 목표를 품고 프로레슬링을 보는 것은 처음이었다.
　매표소에서 퍼뜩 깨달았다. 만약 테스트에 합격한다면 다음부터는 나도 이 단체의 일원으로 대회에 참여하게 되는 것이다. 다시 말해, 팬으로서 관전하는 마지막 프로레슬링이 될 가능성이 있다. 그래서 이왕이면 가장 비싼 링 사이드의 특별석을 골랐다. 인생 마지막 티켓 구입이 될지도 몰라. 상상만 해도 숨이 가빠졌다. 나는 지금, 확실히 의미 있는 존재가 되려 하고 있다.
　자리에 앉으니 곤다 아저씨가 보였다. 시합 시작 전 마지막으로 링을 점검하고 있다.

"하고 싶어도 할 수 없는 놈도 세상에는 있는 거야!"

왠지 그때 아저씨가 한 말이 갑자기 떠올랐다. 무슨 의미였을까? 입단 테스트에 연거푸 낙방이라도 했던 것일까? 그래도 저렇듯 줄곧 프로레슬링 세계에서 살고 있다. 무대의 주연도 조연도 아닌 스태프로서의 삶을 도대체 어떤 심경으로 살아온 것일까? 시합이 시작되었다. 첫 경기부터 메인 이벤트에 이르기까지 시합을 곤다 아저씨는 통로 구석에 서서 표정도 바꾸지 않고 지켜봤다. 경기 중간 그저 배경의 일부인 것처럼 링을 점검하는 곤다 아저씨에게 신경 쓰는 관중은 아무도 없었다. 이날도 메인 이벤트에서 승리를 거둔 사사하라가 "최강자는 나란 말이다!"라고 외치는 모습을 올려다보면서도 곤다 아저씨의 표정에는 변화가 없었다. 쇼고는 만약 입문 테스트에 떨어져도 아무렇지 않게 프로레슬링을 보러 올 수 있을지 잠시 생각했다. 그러나 금방 관뒀다. 붙어 보기도 전에 질 생각부터 하는 바보가 어디 있나!

테스트 전날. 점심을 먹은 후 마지막 특훈을 마치고 유코가 일하는 빵집에 갔다. 내일 테스트에 임한다는 사실을, 역시 어떻게든 전해두고 싶었다.

가게에서는 요전에 본 점장 같은 여성이 혼자 바쁘게 일하고 있었다. 유코는 보이지 않는다. 쉬는 날일까? 쇼고는 빵을 사면서 물어보았다.

"이거 주세요. 그리고……실례합니다만."

"네?"

"저기, 니시무라 씨 고등학교 동창인데요, 오늘은 쉬나 보죠?"

"아, 니시무라 씨는 그만뒀어요."

아무렇지 않은 듯 말한다.

"옛?"

"이제 한 달쯤 됐나? 그 아이에게는 기대가 컸는데……역시 그 일이 부담스러웠나."

"무슨 일 있었나요?"

자신도 모르게 목소리에 힘이 들어갔다.

"그게 말이죠. 나 언젠가 고향에 돌아가 빵집을 낼 생각이에요. 그래서 '때가 오면 이 가게, 유코에게 맡길 테니까 잘 부탁해!' 했더니 다음 날 '저는 무리예요, 접객에는 소질이 없거든요.'하고. 부담감이 컸나 봐요……아, 삼백팔십 엔 받았습니다!"

뒤에서 다른 손님이 기다리고 있었기 때문에 쇼고는 얼른 인사를 하고 가게를 나섰다. 그날 밤 보았던 유코의 옆얼굴을 떠올리면 그런 이유로 그만두었다고는 믿을 수 없었다. 혹시 진짜 문제는 다른 데 있지 않았을까? 메신저를 열어 한동안 멈춰 있던 유코와의 채팅방을 찾았다. 한참 아래에 있다. 무슨 말을 꺼내야 할지 몰라 토끼 위에 물음표가 달린 언제나의 이모티콘을 보내고, 연달아 빵 이모티콘을 보냈다. 의도가 전달됐을까? 금세 답장이 왔다. 문어 이모티콘이.

 벤치에 앉아 있는 유코의 뒷모습이 보였다. 하늘색 코트가 생기를 잃었다. 쇼고가 말없이 그 앞에 서자 유코가 천천히 고개를 들었다.
 "이번에도 실패했어. 안되나 봐, 무슨 일이든."
 쇼고는 유코가 말하는 의미를 알 수 없었다.
 "무슨 일이든?"
 "응, 정말 좋은 일터였는데."
 그런 나약한 마음가짐으로 앞으로 어떻게 살아갈 건데! 입 밖으로 튀어나오려는 말을 꾹 참았다.
 "하지만 꿈이 있었잖아."

유코는 말을 고르는 듯했다.

"그랬을 수도 있고, 아닐 수도 있고. 그리고 꿈을 좇으면……."

엉뚱한 말이 뒤따를 것 같은 예감에 쇼고는 긴장했다.

"숨이 막힌다는 걸 알았어."

유코의 말은 쇼고에게 비수와 같았다. 꿈을 좇는 사람에게는 좋은 일만 생길 거라고 멋대로 믿고 있었다. 그러나 그렇지 못한 결말도 세상에 존재한다. 그것도 이렇게 가까이에. 가슴에 꽂힌 화살을 함부로 뽑아서는 안 될 것 같다. 그대로 둘 수밖에 없다. 쇼고는 전하고 싶었던 얘기는 마음에 묻어둔 채 유코와 헤어졌다. 입 밖에 꺼냈다가는 자신도 잃어버릴 것 같았다. 지금, 절대로 잃어버려서는 안 되는 것을. 내일은 드디어 입단 테스트다.

신일본 프로레슬링 도장 간판이 걸린 조립식 건물이 보였다. 도장 앞 음료 자판기에서 생수 2병을 샀다. 문 앞에 서서 크게 숨을 들이마시고 천천히 내쉬었다. 지금까지 얼마나 많은 청춘이 지금 자신과 같은 마음으로 이곳을 찾았을까? 그들이 남긴 추억의 잔해가 아직도 남아 있음을 느낀다. 마침내 이곳에 섰다.

아무리 프로레슬링을 좋아한다 해도 팬 자격으로는 절대로 들어올 수 없는 장소. 잡지나 영상에서만 보던 광경. 쇼고는 이미 꿈의 무대에 들어서 있다. 10여 명의 다른 응시자들도 마찬가지였지만, 쇼고와는 다른 점이 있었다. 모두가 쇼고보다 상당히 단련한 몸을 하고 있었다. 자기 팔다리가 가장 가늘고, 몸통도 얇다는 사실을 쇼고도 자각하고 있었다. 그리고 또 하나 다른 점이라면, 쇼고만이 빨간 수건을 목에 두르고 있었다.

안토니오 이노키의 커다란 사진 바로 아래 링이 놓여 있다. 도장에 항상 설치되어 있는 링은 로프 내부 와이어가 늘어나지 않도록 훈련하지 않을 때는 로프를 느슨하게 풀어둔다는 사실을, 쇼고는 어디서 읽어서 알고 있었다. 그래서 눈앞에 보이는 느슨한 로프의 링 앞에 섰을 때 비로소 도장에 들어왔다는 실감이 들었다.

링을 저대로 두고 테스트를 실시하는 걸까? 생각에 잠겨 있을 때 입구 문이 열리고 곤다와 3명의 선수가 모습을 드러냈다. 넷이 함께 쇠막대기를 로프 연결부의 쇠붙이에 꽂고 꾹꾹 죄었다. 곤다의 지휘하에 너무 세게 감은 곳은 풀고 느슨한 곳은 꽉 조여 로프 전체의 팽팽함을 균일하게 만든다. 몇 분 걸리지 않아 익숙한 형태의 링으로 재탄생했다. 링이 준비되자 기다렸다는 듯 사사하라가 등장한다. 바인더를 들고 있다. 심사를 맡았나 보다.

응시자들이 지급받은 번호표를 달고 링을 등지고 선 사사하라 앞에 1번부터 11번까지 번호순으로 늘어섰다. 쇼고의 번호는 7번이었다. 행운의 7번……따위 딴생각할 새가 없다.

"야, 칠 번!"

"네!"

"그 수건은 회장님 흉내냐?"

딱딱한 말투였다. 다른 응시자들의 곁눈질하는 시선이 느껴진다. 사사하라는 예전에 쇼고와 단둘이 이야기를 나눈 사실 따위 까맣게 잊어버린 것이 분명했다. 쇼고는 그때의 자신과 지금의 자신이 완전히 다른 사람이기 때문이라고 받아들였다.

"아니요, 그런 의도는 아니지만 저에게 소중한 수건

입니다!"

"놀러 온 게 아니면 빼!"

"네, 죄송합니다!"

수건을 대기 공간의 가방 위에 올려놓고 대열로 돌아간다. 도장 구석에 서서 구경하는 젊은 선수들 사이로 접이식 의자에 앉아 있는 곤다 아저씨가 보였다. 자신을 알아보았는지 아닌지 쇼고는 알 수 없었다.

"그럼 스쿼트 오백 개부터 시작한다! 숫자 큰 목소리로!"

"네! 하나! 둘!"

전원이 숫자를 외치며 쪼그렸다 일어서는 운동을 반복한다. 200회가 지나면서 쇼고는 뒤처지기 시작했다. 실전 테스트에서 평소 이상의 힘을 발휘할 수 있으리라 믿었던 쇼고의 생각과는 정반대였다. 도장 현장에서 프로레슬러를 앞에 두고 수행하다 보니 긴장감에 숨이 금방 차고 체력 소모도 극심했다.

"사백삼십오! 사백삼십육!"

"어이 칠 번. 벌써 짐 싸게?"

"아, 아닙니다!"

쇼고는 가장 오래 걸리긴 했지만 어떻게든 500회를

해냈다. 발밑에 흘린 땀방울이 웅덩이를 이루고 있었다.

"좋아, 잠깐 쉬고, 팔굽혀펴기다!"

"네!"

모두의 기운찬 목소리. 쇼고의 두 다리가 부들부들 떨렸다. 무릎을 휘청이면서 가방으로 돌아가 수건을 들었다. 곤다 아저씨는 어디를 보는지 알 수 없는 시선으로 가만히 의자에 앉아 있었다. 어디를 보고 있는 걸까? 쇼고는 빨간 수건으로 얼굴과 몸을 닦았다. 그때 곤다가 시선을 쇼고 쪽으로 돌렸다.

지긋이 바라보고 있다. 그 시선은 쇼고를 보고 있다기보다는 빨간 수건을 쫓고 있는 것 같다. 설마, 이 수건을 알아보고······쇼고는 몸을 훔치는 것을 관두고, 수건의 양쪽 끝을 손에 들고 펼쳐 보였다. 그러자 앗! 하는 표정으로 곤다가 자리를 박차고 일어섰다.

"곤디 아······!"

쇼고는 곤다의 이름을 외칠 뻔했지만, 끝까지 부를 수 없었다. 곤다는 등을 돌려 도장에서 나가 버렸다.

"뭐지."

쇼고는 잠시 꼼짝도 할 수 없었다. 그러나 아직 구원의 손길이 남아 있을 듯했다. 무슨 일이 일어나기를 바랐다. 그때 곤다가 다시 들어왔다. 손에 콜라병을 들고 있다. 빨간 수건을 보고 빨간 로고의 콜라가 떠올라, 도장 앞 자판기에 사러 갔을 뿐이었다고 생각하니 맥이 풀리면서 어쩐지 우스워졌다. 곤다는 의자에 앉아 다른 방향으로 고개를 돌린 채 시원하게 콜라를 들이켰다.

"뭐야, 참 나!"

웃으며 혼잣말을 내뱉는 순간 내면에서 알 수 없는 변화가 일어난 기분이 들었다. 중요한 뭔가가 쑤욱, 빠져나가는 느낌이었다. 뭐지 이건? 그때

"시작한다!"

"네!"

사사하라의 호령에 응시생 모두가 즉각 반응했다. 쇼고만 대답이 살짝 늦었다. 긴장이 풀린 걸까? 수건을 쥐지 않은 쪽 손으로 가슴을 치면서 집중력을 끌어올려 본다. 그러나 처음과 달리 내면 깊숙한 곳으로부터 끓어오르던 의욕이 사라졌다. 마치 이미 끝났다는 듯이. 끝났다고? 아직 테스트 중이다. 도대체……시선을 돌리고 있던 곤다가 꺽! 큰 소리로 트림했다.

"……아!"

자기 안에서 스르륵 빠져나간 것이 무엇인지 쇼고는 그제야 깨달았다. 입문 테스트를 받은 이유. 물론 프로레슬러가 되고 싶었는지도 모른다. 그러나 그보다 더, 그보다 더.

곤다 아저씨를 만나고 싶었다.

그렇다. 내면 깊은 곳 진정한 소망은. 먼 옛날 겨우 하룻밤을 함께 보낸 인연이지만, 곤다 아저씨를 다시 만나고 싶어서 오랜 시간을 들여 여기까지 왔는지도 모른다. 그렇다면 이미 소망은 이루어진 셈이다. 하지만 쇼고는 다시금 깨닫는다. 아무것도 이루지 못한 상태로는 만나도 만난 것이 아니다. 그러니까 이뤄야 한다. 나는 아직 곤다 아저씨를 만나지 못한 것이다. 바로 저기에 아저씨가 있지만, 만나지 못했다. 이 입문 테스트를 통과해야 한다. 싸워 이겨내야 한다. 그러지 않는 한 곤다 아저씨를 만날 수 없다. 만날 자격조차 없다. 설령 패배가 기다리고 있다고 해도……패한다고? 지금 질지도 모른다는 바보 같은 생각을 한 거야? 내가?

소고는 수건을 반듯하게 가방 위에 올려놨다. 희고 큰 '투혼'이란 두 글자가 보이도록. 그리고 작지만 힘차게 중얼거렸다.

"붙어 보기도 전에 질 생각부터 하는 바보가 어딨나."

양손으로 뺨을 때리고, 다시 집중력을 끌어 올려 대열로 돌아간다. 생애 첫 격투가 한창이다. 스스로 의지로, 무언가 이루기 위한 싸움이.

에필로그

 하치오지 시가지를 반으로 가르듯 흐르는 아사카와강.

 쇼고가 강가의 둑에 걸터앉아 옛 생각에 젖어 있다. 그러고 보니 언젠가 누군가와 여기서 이렇게…… 맞다, 아버지의 불륜 상대 다츠코 씨였다. 지금은 어떻게 지내고 있을까? 그로부터 16년이나 세월이 흘렀다. 아버지는 여전히 전기용품점 만년 부장으로 일하고 있고, 어머니는 체육관 사업을 접은 후 여성 전문 퍼스널 트레이너 일을 계속하면서 집에서 가끔 스테인드글라스 교실을 연다. 그리고 요즘도 한 달에 한 번은 고라쿠엔 홀에서 여자 프로레슬링 대회를 관전한다.

 쇼고 옆에 노인이 앉아 있다. 작년 직장을 그만두게 된 노인에게 일자리를 소개한 이후, 피붙이가 없는 노인을 쇼고는 여러모로 보살피고 있다. 사실 노인이라고 불릴 정도의 나이는 아니다. 그러나 겉모습이 어쩔 수 없는 노인이다. 쇼고가 그에게 말을 건다. 최근 노인은 꼭 필요한 경우 외에는 묵묵부답일 때가 많기 때문에 이번에도 대답을 기대하지는 않았다.

"곤다 아저씨, 날이 꽤 따듯해졌네요."

예상대로 대답은 없다. 언제나 그렇듯이. 쇼고는 기지개를 켠 채로 봄 햇살을 듬뿍 머금은 풀밭을 뒹굴었다. 포근해서 기분이 좋다. 그러고 보니 16년 전 그날 밤 다츠코 씨도 똑같이 둑에 드러누웠다. 무언가를 이뤘을까, 그 사람은. 아니 나부터가……다시 한번 곤다 아저씨에게 말을 걸어 본다.

"결국 아무것도 이루지 못하고 끝나 버리는 걸까요?"

입밖으로 내뱉은 쇼고 스스로도 누구를 얘기하는지 모르겠다. 곤다 아저씨의 반응은 "아니……." 그뿐이다. 그래도 기다리다 보면 무슨 말이라도 할 것이다.

예상이 맞았다.

"……무언가 이루지는 못했어도, 도전했으니 괜찮은 것 아니냐."
"그건 저와 아저씨 둘 다 말인가요?"

대답은 없다. 강물의 흐름이 예전보다 느려진 것 같다. 곤다 아저씨가 다시 입을 열었다.

"그래도……프로레슬링 덕분에 나도 너도 행복했잖냐."

쇼고는 몸을 일으켜 곤다 아저씨의 옆얼굴을 바라봤다. 검버섯이 많이 피어나 있다. 역시 외모는 노인이다. 오후 1시를 알리는 종소리가 바림을 타고 들려왔다. 슬슬 돌아가야 한다.

"곤다 아저씨, 오후 업무 시작할까요?"
"아아."

두 사람은 자리를 일어나 걷기 시작한다. 쇼고는 조금 더 옛이야기를 나누고 싶었지만, 퇴근 후에도 밤은 길다.

"곤다 아저씨, 오늘 한잔하러 갈래요?"
"좋지!"

푸른 하늘 아래 이어진 강변의 오솔길을 이삿짐센터 작업복을 입은 예전의 소년과 링 아저씨가 나란히 걸어간다.

SHONEN TO RING YA
Copyright © TAJIRI 2023
All rights reserved.
Original Japanese edition published by EAST PRESS CO., LTD.
Korean translation rights © 2025 by Eonjena-bom
Korean translation rights arranged with EAST PRESS CO., LTD., Tokyo
through EntersKorea Co., Ltd. Seoul, Korea

소년과 링 아저씨

초판 1쇄 인쇄 2025년 3월 14일

초판 1쇄 발행 2025년 4월 1일

지은이   타지리

옮긴이   강경민

디자인   서승연

펴낸이   강경민

펴낸곳   언제나봄

출판등록 2025년 1월 7일 제2025-000003호

이메일   bom365pub@gmail.com

© 언제나봄

ISBN 979-11-991466-1-7

- 책값은 뒤표지에 있습니다.
- 파본은 구매하신 서점에서 교환해 드립니다.
- 이 책의 한국어판 저작권은 (주)엔터스코리아를 통해 저작권자와 독점 계약한 언제나봄에 있습니다. 저작권법에 따라 한국 내에서 보호를 받는 저작물이므로 무단 전재와 복제를 금지합니다.